WEICHAFE

g u e r r e r o

Re-Cuentos
josé curipán toledo

INDICE

PROLOGO

La memoria es de algún modo nuestro carcelero; nos mantiene aferrados a los recuerdos aún contra nuestra voluntad. Las evocaciones que nos acechan a diario con el tiempo tejen marañas o laberintos intrincados que de vez en cuando tratamos de desenredar con el mejor de los empeños. La tarea muchas veces es muy complicada y en otras nos parece muy simple, sin embargo, cual sea el caso, la memoria nos entrega su propia versión de los hechos con la cual quedamos conforme puesto que entendemos que al ser nuestros propios recuerdos estos son traídos al presente en la forma más pura y fidedigna de como los fuimos atesorando. A la vez debemos convenir que el acto de recordar es por lo general una tarea laboriosa para darle sentido y valor a nuestro presente; es para ponderar el sentido de futuro que enfrenta nuestra existencia; es para darle *aroma al tiempo*, como diría el filósofo surcoreano, Byung-Chul Han.

Recordamos porque, por gracia –o, desgracia-, tenemos conciencia; es un ejercicio del animal humano que nos diferencia del resto de las bestias. También, porque es la forma primaria de la literatura; antes del lenguaje escrito nos deleitábamos con la literatura oral, eso que Elicura Chihuallaf llama *oralitura*. Mucho antes de los libros, de la radio y del cine, nos entreteníamos unos a otros a través de la conversación en narrativa o la tertulia; nos contábamos historias que íbamos relatando al ir escudriñando en nuestra memoria, y los baches que íbamos encontrando los rellenábamos con recuerdos ficticios o derechamente inventados. Creemos que así nace lo que actualmente conocemos como literatura y que no concebimos de buenas a primera sino en su forma escrita.

De acuerdo a la cantidad de recuerdos reales o artificiales con que vamos rellenamos el infinito espacio de nuestra memoria es como vamos clasificando la literatura en real o ficticia, o sea, acontecimientos ocurridos sin lugar a dudas o meras invenciones de nuestra mente. Empero, nada de lo recordado es fiel reflejo de lo acontecido. Nada es real solo porque lo recordemos *claramente*.

El recuerdo cumple con la función de alimentar sin descansar nuestra consciencia; acción que nos diferencia cualitativamente del universo animal, por esto nuestras evocaciones las vamos convirtiendo en literatura -oral o escrita- y de esta forma sumarla a la memoria colectiva.

Los presentes relatos cumplen con la misión de transmitir experiencias pasadas a quienes los lean, pero se debe tener presente que la realidad y la ficción están presentes en cada uno de los cuentos. Lo que sí sabemos con certeza es que nacen de la memoria y los recuerdos, por tanto, son reales. Al leerlos podremos notar claramente que todos los cuentos están cruzados por la presencia evocativa de sueños y esperanzas quebradas.

José Curipán T.
Marzo, 2020

PRESENTACION

"Con cierta recurrencia, el mundo conservador tiende a mantener una distancia respecto de la cultura de los pueblos originarios. Su enfoque pertenece a un modo dominante de concebir la vida, la sociedad y la cultura como algo exclusivo y excluyente. Los españoles, en su empresa de conquista, tardaron siglos en comprender que los nativos aquellos a quienes consideraban poco menos que especies sin conciencia y luminosidad, podían desarrollar -efectivamente- una comprensión muy amplia del mundo, que nace principalmente de su intimidad con la madre naturaleza. Los chilenos, luego de 1810 y con el advenimiento del Estado nacional, tampoco entendieron cabalmente de qué se trataba esto de relacionarse con los indígenas y prefirieron mantenerlos relegados en la encomienda rural, desprovistos de derechos, marginados e invisibilizados. Por lo tanto, muy lejos -además- de pensar siquiera que estos nativos locales podían ser portadores de alguna forma de cultura.

Despectivamente, por décadas, la cultura dominante trató con desprecio a los indígenas en Chile. Aún quedan reminiscencias. Pero los Pueblos originarios, a pesar de 520 años de sometimiento, nunca dejaron de existir y menos dejó de existir su cultura, su religión, su lengua y cosmovisión del mundo, la misma que el papa Francisco, en sus giras por el continente destacó como una de las más importantes reservas de la humanidad. Y en el silencio de este proceso, ayer y más abiertamente hoy, las antiguas y nuevas generaciones de indígenas, desde nuestros abuelos hasta nuestros padres y nuestros hijos, se subsumieron en el diálogo profundo y vital, sosteniendo ininterrumpidamente la valiosa herencia que emerge de pueblos y naciones que cuentan con relatos propios, con una cosmogonía propia, única y singular, que hoy es objeto de admiración.

Los cuentos de José Curipán aportan la sabia de este relato centenario, historias casuales y de vida, de personajes y momentos históricos, que van narrando y nos ofrecen una perspectiva del mundo vivido y que se vive desde la mirada de los indígenas. Estos relatos se suman a otros que conforman la producción actual de oralitores mapuches, particularmente, poetas y escritores, que están abriendo y volcando en la sociedad su riqueza cultural, la que fue despreciada y vilipendiada por la cultura dominante, demostrando con ello que la verdadera cultura, la que crea sociedades pacíficas y más justas, son aquellas que se expresan y se valoran desde la diversidad. Es, entonces, en un momento muy oportuno para Chile que estos relatos de José Curipán se nos ofrecen como un tributo que debemos saber acoger y valorar en todo su magnífico esplendor, porque nos revelan la profundidad de la cultura indígena".

Domingo Namuncura S. (pie de piedra).
Trabajador Social y docente universitario (UCV).
Ex Director Nacional de CONADI.
Primer mapuche embajador de Chile, Guatemala (2014-2018).

EL KALCU[1]

I.

¿Cómo está? –preguntó, el viejo mapuche, con la voz atrapada en la garganta.

-Mal, muy mal -le respondió el único médico de urgencia de la posta rural; un hombre joven que le hablaba con mucha pena transmitida en sus palabras.

-La quiero ver, ¿se puede?

-Bueno, pero le repito, ella está muy mal –respondió el médico rural mirando al viejo con la cabeza un poco inclinada.

El viejo entró a la pequeña pieza de madera que hacía de sala de emergencia y vio a su jovencita cheche[2] tirada sobre una especie de camilla-cama empotrada a una de las paredes de la habitación. La contempló de pie a cabeza: tenía un pie con restos de barro seco y el otro limpio; las piernas estaban cubiertas de

---

[1] Hechicero o brujo, de acuerdo a la mitología mapuche.
[2] Nieta por línea materna, según la genealogía mapuche.

magulladuras y grandes moretones; la falda de género café estaba con rasgaduras y sucia de manchones de hierba y barro; sus manos y antebrazos mostraban muchas huellas de golpes; el torso lo tenía cubierto por una bata limpia entregada por la posta rural a través de la cual se podía adivinar gran cantidad de golpes y laceraciones en su cuerpo –miró a su alrededor y vio en un rincón una bolsa de plástico con los restos de la blusa y un zapato de su nieta-; el rostro de la niña mostraba un pómulo hinchado y de color violáceo.

El anciano acariciaba en la frente a su compañera de vida cuando escuchó la voz del médico decir, con la garganta apretada:

-La dejó sin sentido de un puñetazo y luego…

El abuelo miró la oscura y larga trenza de su nieta mapuche y mirándola a los ojos le susurro:

-Sólo me quedas tú, pero no te esfuerces por quedarte en este mundo si no quieres, tu madre sigue viniendo a acompañarme cada día.

II.

El viejo era un reconocido faenador de animales. En cada ocasión que alguna familia requería "sacrificar" un cordero, un cerdo, o ternero, le llamaban para que cumpliera con su oficio. Don José María Trafipan[3], iba de llamado en llamado

---

[3] Trafipan: grupo de pumas (Apellido mapuche que es la combinación de un adjetivo y un sustantivo: trafun: grupo; y pangui: puma).

cumpliendo con su labor, con su afilado cuchillo de quince centímetros y cacha de hueso que portaba en la espalda en una funda de cuero prendida a su cinturón.

Según su propia versión, hacía tiempo ya había cumplido los setenta y siete años, sin embargo, quienes lo conocían ponían en duda su edad al ver la agilidad y destreza que mostraba el anciano al acometer con sus trabajos.

"Dicen que este viejo mapuche es brujo, porque aparece de repente y se va sin que nadie se dé cuenta por donde partió". Este era el tipo de comentario habitual entre quienes lo veían trabajar con ahínco con su experto cuchillo faenador.

La única parentela que tenía en la faz de la tierra era su cheche Rosita con quien vivía en una pequeña casa de madera tosca, con piso de tierra e iluminada con chonchón[4], a los pies de una ladera. Ella fue engendrada por amor y abandonada por su padre cuando tenía dos años. La primera desgracia que le regaló la vida fue la muerte de su hija justo el día en que su nieta cumplió diez años. La mujer soportó una semana con fiebre y vómitos que las yerbas y la anciana machi[5] no pudieron combatir.

-Esto fue mal de ojo hecho por la sucia que se llevó al marido –le comento la anciana al matarife.

---

[4] Lámpara de flama alimentada por parafina o aceite.
[5] Autoridad religiosa en la cultura mapuche.

Desde ese día la niña se dedicó a cuidar de la casita y de los pocos animales que criaban para comercializarlos los días de feria en el pueblo. Por su parte el viejo mantenía viva la huerta a la espera que lo mandaran a buscar para faenar algún animal en los campos vecinos.

Rosita se daba cuenta que su abuelo andaba "en un mandado" cuando se percataba que él había desaparecido y sabía que estaba de vuelta cuando veía sobre la mesa algunas piezas de carne o verduras que su abuelo traía como parte de su pago por el trabajo realizado.

La nietecita se acostumbró a que el viejo nunca avisara cuando desaparecería o aparecería. Era algo parecido a los sentimientos; si no ponemos atención a ellos no sabemos sí están o han desaparecido.

Apenas comenzó a clarear se levantó de la silla, tomó el cuchillo y lo metió en su estuche, comió el último mendrugo de pan sin levadura que aún mantenía el aroma de las manos de su Rosita, se sirvió el último mate preparado en un pequeño jarro de lata esmaltado de color verde, mientras se ponía el veston plomo (él le llamaba paletó) que llevaba desde que lo conocían. Apagó el fogón con el resto del agua que quedaba en la tetera. Se dirigió a la puerta de salida, la abrió, se paró en el dintel de la puerta y estiró, sin mirar, su mano derecha hasta alcanzar el gorro de alas que lo esperaba siempre colgado del mismo clavo a un costado de la puerta, dio unos cuantos pasos fuera de la casa cerrando la puerta sin mirar atrás, se detuvo mirando de frente, con la mano derecha palpó su espalda para reasegurarse que el cuchillo estaba en su lugar. Miró hacia el camino y partió rumbo a la posta a despedirse de su nieta. El kiltro[6] que dormía a la salida de la puerta, sobre un saco viejo, se puso de pie y sólo lo miró mientras el viejo se alejaba.

Llegó al pueblo cuando ya todo el mundo se encontraba realizando alguna labor: algunas mujeres vendían tortilla de rescoldo y mote cocido a la pasada, los almaceneros acomodaban sus mercaderías en canastos a las puertas de sus pequeños locales y algunos niños y niñas seguían llegando a la escuelita después de caminar varios kilómetros; venían con los zapatos sucios de tierra, grandes mochilas escolares en sus espaldas en donde traían sus cuadernos y el almuerzo; llegaban transpirados, pero con la alegría inundándoles el rostro.

El viejo se paró frente a la puerta de la posta rural, sin golpear. La mujer que oficiaba de enfermera, secretaria, recadera, cocinera, aseadora y administradora en la posta, que había escuchado los pasos detenerse frente a la puerta dejó de escribir las fichas médicas que estaba poniendo al día, alzó la mirada y se levantó de su silla y fue a abrir la puerta.

-Pase, lo estamos esperando.

El viejo entró, miró al médico y a una pareja de carabineros que tomaban mate en silencio. Todos se pusieron de pie cuando el anciano entro a la habitación. Ninguno emitió palabra alguna. El médico miró con turbación a los carabineros y a su ayudante, tragó un poco de saliva para aclarar la garganta y extendió atolondradamente su mano a don José María.

---

[6] Perro, en mapudungun.

-Hola, buenos días –dijo sin encontrarle sentido a sus propias palabras y actitud- lo estamos esperando, adelante.

Los carabineros permanecieron en silencio sin atinar que decir. Sin saber qué hacer ambos policías se sentaron y se quedaron observando la lúgubre escena: el viejo mirando con firmeza al médico que le hablaba casi en susurros con la cabeza un poco inclinada y la secretaria, aun afirmando la puerta de entrada.

-Su hija, perdón, perdón. Su nieta… -dijo turbadamente el joven médico.

-Sí, ya lo sé –lo interrumpió el viejo-, anoche me fue a ver, ahora vengo a despedirme de su cuerpo, respondió con serena firmeza el anciano.

El medico miró con expresión de interrogación a la secretaria que se encontraba detrás del viejo y luego torció el cuello hacia los carabineros. Volvió a mirar al viejo y agregó:

-Estaba muy mal, pero no sufrió. Se fue en paz.

III.

El juicio fue como se esperaba: un joven, hijo de un importante empresario agrícola, con cara de angelito asegurando que era inocente de lo que se le acusaba; muchas notas de prensa en los diarios de la región poniendo en duda las pruebas que inculpaban al joven; y los gendarmes pidiéndole por favor que entre y salga de la sala del juzgado.

A las audiencias del juicio siempre asistieron tres abogados capitalinos para "defender" al joven, y por parte del viejo se presentó un abogado afuerino pagado por el Estado para asistirlo en la demanda. Durante los alegatos el abogado del viejo se limitaba a escuchar y a tomar notas sin sentido en un cuadernillo desechable rotulado como "Caso niña mapuche". Mientras tanto, el viejo sin entender casi nada de tanto término jurídico, permanecía en silencio hasta el día en que se leyó la sentencia: *Inocente por falta de pruebas*. Las consideraciones del juez para la resolución del juicio fueron la irreprochable conducta anterior del joven; los aportes de su familia a la región; estar estudiando en una importante universidad privada; y la falta de pruebas de peso contra el acusado. El viejo, lo único que comprendió cuando vio la cara sonriente del acusado fue que su nieta se quedaba sin justicia.

Una vez terminado el remedo de juicio, cuando el joven salía del tribunal, por un segundo, cruzó su mirada con el viejo matarife y recordó las veces que su padre lo mandó llamar para que faenara unos animales. También recordó la vez en que el viejo llegó al fundo con su linda nieta de 15 años a ayudar en el asado que su padre preparaba para unos amigos de la Corte Suprema que venían a visitarlo. También, rememoró con escalofríos la destreza con que el viejo manejó el cuchillo al degollar de tres cortes certeros a tres corderos que no se dieron cuenta cómo pasaban de la vida a la muerte. "El viejo sabe dónde cortar para no perder tiempo con el sufrimiento de la espera", fue el último pensamiento del joven antes de dejar de ver al anciano.

El abogado estatal giró la cabeza hacía el viejo para decirle que él hizo todo lo posible, pero el viejo matarife mapuche ya no estaba. Había desaparecido.

IV.

- ¿¡Por qué viene para acá el viejo José María!? ¿Por qué lo mandaste buscar? -preguntó con pánico el joven a su protector padre, mientras bajaba a brincos la escalera desde el segundo piso.

- ¿Cómo se te ocurre?

-Pero lo acabo de ver viniendo hacia la casa.

-A ese viejo nadie lo ha visto hace semanas. Parece que se mandó cambiar el día del juicio.

- Estoy seguro que era él.

-Anda a acostarte. Les ordenare a los indios del establo que se queden afuera por si aparece ese viejo de mierda. Y que le metan un escopetazo por estar en propiedad privada.

Al día siguiente, temprano, partió la camioneta todo terreno con el joven rumbo a la universidad. El viaje demoraba unos treinta minutos hasta la ciudad. El joven y el chofer iban conversando para ponerse de acuerdo sobre la hora de volver al fundo cuando de pronto el joven gritó:

- ¡Ahí está ese viejo de mierda!

- ¿Qué viejo?

-El viejo de mierda ese. El indio José María. Nos miró al pasar.

-Yo no lo alcancé a ver -respondió, extrañado, el chofer.

-Sí, yo lo vi, era él.

Llegaron a la universidad y el joven se bajó de la camioneta mirando para lado y lado. Se fue a su sala de clases y se sentó en la última fila para no estar expuesto a las miradas de sus compañeros de clase.

Estaba cabeza gacha tomando apuntes, cuando sintió la imperiosa necesidad de mirar hacia la ventana, y ahí estaba, de cuerpo presente, el viejo José María, mirándolo fijamente sin que nadie más pusiera atención en él. El joven sintió que las cienes se le enfriaban y un gran vacío le inundaba el estómago. Bajó la mirada y no la volvió a levantarla. Al término de clases salió a la carrera hasta la camioneta que lo esperaba a la salida del campus.

Entrando a su casa fue corriendo hasta donde su padre a contarle cómo el viejo indio lo perseguía.
    -Pero estás seguro que era él. A ese viejo no lo ha visto nadie hace varios días.
    -Si papá, era él, tenía el mismo gorro y veston de siempre. Estoy seguro que andaba con el cuchillo que mata a los animales -chillaba, lleno de espanto el jovencito.
    -Voy a ver que nunca andes solo para que te sientas tranquilo. No te preocupes, ahora mismo voy a hablar con los pacos. El capitán Gonzales tiene que hacer algo, sino lo saco en un dos por tres de aquí.

Desde ese día "el patroncito" nunca más anduvo solo. A todos lados iba acompañado por un peón que cargaba un revolver entre su ropa. El "pobrecito" siempre estaba custodiado por alguien de confianza; lo llevan y traían de la universidad, los encuentro con sus compañeros de curso siempre eran observados a la distancia por un lacayo del patrón. Pero a pesar de todos los cuidados, el joven se quejaba que el viejo lo asechaba. Decía que sus guardias eran unos tontos porque no eran capaces de ver al viejo cuando aparecía a la vuelta de una esquina o en algún rincón del fundo. Se quejaba que en la sala de clases nadie se sentaba cerca de él por temor al viejo que lo perseguía.

Comenzó a dejar de salir de la casa patronal y se encerraba todo el día en su pieza, siempre con un guardia en el pasillo, el cual debía salir corriendo con el arma en la mano cada vez que su joven patrón gritaba que el viejo José María estaba merodeando por los alrededores con el cuchillo en la mano para matarlo.

Después de seis meses de angustia, el patrón por consejo del médico de la familia decidió que su amado hijo debía irse a estudiar a otra ciudad, lejos de este lugar.

El joven fue trasladado en compañía de un guardaespaldas a la capital, muy lejos del lugar que le traía tan malos recuerdos por la injusta acusación de que había sido víctima y en donde el jovencito aseguraba que el viejo matarife lo perseguía de día y noche para asesinarlo cuando lo encontrara solo. A los dos meses de estar en la capital el guardaespaldas informó al patrón que el joven llevaba ocho días sin salir de la casa a ningún lado porque decía que el viejo ya lo había encontrado, que lo había visto la noche anterior en la esquina de la cuadra cuando venían llegando de la universidad. Pero el guardia aseguraba que él no vio a nadie, que recorrió la cuadra de arriba abajo y no encontró rastro del viejo.

El padre, nuevamente por consejo de su médico amigo, internó a su amado hijo en una clínica privada con altos niveles de reserva para con sus huéspedes. Lo internó para tratarlo del "estrés" que estaba pasando. Sin embargo, los informes clínicos eran pésimos; el joven seguía con su paranoia. El director de la clínica le informaba a diario por teléfono que su hijo no dejaba de asegurar que un viejo lo acosaba y no dejaba de seguirlo para hacerlo pagar por la desgracia de su nieta. Sin embargo, el director, también le aseguraba que el sistema de seguridad del sanatorio era inviolable: no entraba ni salía nadie sin que fuera registrado por las cámaras de seguridad o los guardias.

      -Bueno -respondió fríamente el padre-, déjelo internado hasta que se mejore.

El director tomó la decisión de poner al joven en una cómoda habitación del segundo piso. La pieza tenía un gran ventanal protegido con barrotes de acero y miraba hacia el amplio jardín. El acceso estaba franqueado por una sólida puerta de metal. Además, se dispuso un guardia en el pasillo las veinticuatro horas del día para que su adinerado paciente se sintiera seguro.

Durante los próximos quince días el joven aseguraba que cada vez que miraba por la ventana veía al viejo con su cuchillo en la mano para ajusticiarlo.

Aunque nadie veía ni creía nada, los dichos del joven eran ciertos; el viejo matarife lo asechaba sin piedad de día y de noche. No lo dejaba escapar, lo seguiría donde fuera necesario para vengar el ultraje a su amada Rosita.

A la noche veinticinco, el desgraciado y angustiado joven se despertó a las tres y media de la madrugada, se acercó con temor a la ventana, miró temblando de fiebre hacia afuera y vio al viejo que lo miraba fijamente desde el jardín con el cuchillo en la mano. El joven volvió a su cama desde donde sacó las sábanas que ató una con otra para formar una soga que con la ayuda de una silla amarro de la parte superior de la gran ventana para que el "maldito viejo" viera como se colgaba ante sus ojos y dejara de perseguirlo.

Mientras pendía del pescuezo y la vida se le escapaba, el joven gritaba en su mente enferma:

- ¡Mira viejo José María, me escapé de tus manos! ¡Te quedaste sin tu maldita venganza!

El anciano no dejaba de mirándolo fijamente desde el jardín mientras el desquiciado "patroncito" se retorcía colgando del cuello. El viejo lo miraba sin compasión alguna.

El cobarde suicida, en el último segundo de su desgraciada vida, vio con pavor como el viejo matarife mapuche llevaba el filoso cuchillo hasta su propio cuello para rebanarse, sin vacilación alguna, la vena yugular mientras le sonreía socarronamente sin dejar de mirarlo fijamente a los ojos. Antes de su último aliento comprendió que el viejo no dejaría de asecharlo en este mundo ni en el otro.

-o-

PICHI DOMO KARU LELIN

Pequeña mirada verde

-No salga –le dijo el anciano-, quédese sentadita en el wuanco[7] un ratito más y mantenga bien cerrada la puerta de la ruka[8] para que no entre el humo picante y acérqueme el mate, por favor.

La pequeñita, con sus pies descalzos curtidos por la tierra, cruzó la pieza hasta el fogón en un hueco del piso de tierra en donde se mantenía caliente la tetera ennegrecida por el hollín del perenne fuego, la tomó con su manito derecha y con la otra alcanzó el mate; un jarro de metal magullado, enlozado de color verde, con una bombilla de lata que ostentaba un gran rubí de vidrio rojo incrustado a la altura de la boquilla. El viejo la observa sentado en su vetusta silla de madera. Era linda su nietecita: pelo negro -como las noches cerradas en el campo- amarrado en una trenza azabache como todas las mujeres de su comunidad; ojitos redondos y verdosos, muy vivaces; sus

---

[7] Banca de madera hecha de una sola pieza.
[8] Vivienda mapuche fabricada con troncos, ramas y cubierta de totora.

piececitos y manitos redonditas, eran hábiles y agiles para realizar las labores del día.

"Mi niñita –pensó con amargura, el anciano-, nació condenada a la pobreza. Ojalá algún día la reciban en una buena casa donde trabajar; ya sabe hacer todos los mandados".

Cuando la pequeña le entregó el mate a su abuelo, el viejo aprovechó para preguntarle:

- ¿Cuantos años ya tienes, mamita? ¿Lo recuerdas?

–Tengo nueve –respondió la niña, mientras le alcanzaba un trozo de kofke[9] que le traía para acompañar el mate.

El abuelo la miró y calculó que ya llevaba siete años a cargo de su nietecita.

-Abuelo, ¿cuándo vendrá mi mamá? La echo de menos, ¿por qué no viene a vernos? ¡Cuando venga a verme voy a ponerme los zapatos que me mando con la tía Juani! –decía la niña, mientras se ponía a saltar en un pie dando palmadas con sus manitos redonditas de uñitas negritas de tierra.

El viejo la miró sin saber qué responder.

Los brincos de su nietecita revivieron las imágenes de la niñez de su hija. "La niña –meditó el abuelo, con los ojos puestos en la lejanía del tiempo-, sería igual a su mamá de no ser por el color verdoso de sus ojitos".

---

[9] Pan artesanal, amasado sin levadura.

Si no fuera por la maldita invalidez de su pierna derecha que lo mantenía rendido en su silla plástica, el viejo mapuche podría haber retenido a su hija a su lado, pero su analfabetismo no le permitió saber a quién recurrir cuando se quebró la pierna trabajando para el dueño del fundo, no supo a quién recurrir para que el futre no lo corriera sin un cobre en los bolsillos y terminar arrinconado en un pedazo de tierra de su pariente. Todo sería mejor si tuviera sus dos piernas sanas: la niña seria hija de un peñi[10] de su comunidad y no de un winca trehua[11] que la embaucó con sus ojos verdes y que luego se mandó cambiar cuando se enteró que la jovencita estaba preñada. A lo menos tendría su propio campito para trabajarlo y no estar metido en tanto lio por la recuperación de tierras que hacía su comunidad.

A lo lejos se escuchaban gritos y disparos; carreras y ruidos de carros policiales que inquietaban al viejo inválido.

-Quiero salir a jugar –volvió a rezongar la pequeñita-. El anciano, casi sin darse cuenta, le respondió:

-Cuando terminen el allanamiento podrá salir, ahora asegúrese que la puerta esté bien cerrada.

- ¿Qué es el amañamiento? –preguntó la pequeñita.

El viejo quedó pasmado ante la pregunta que lo pilló desprevenido sin saber qué responder.

-Ya po', ¿qué es un amañamiento? –insistió la niña.

-Es… es… Es un juego de las personas grandes que los niños no pueden jugar –respondió el viejo a la niña que lo miraba con carita de consentida.

---

[10] Hermano de etnia.
[11] Perro ladrón, en mapudungun. Forma de insulto para el no mapuche.

"Antes las cosas eran más tranquilas –pensó mirando a la niña-. Desde que llegaron esos weche[12] universitarios con sus reclamos los carabineros no nos dejan tranquilos. Ya se han llevado a varios presos, pero no entienden, parece que la educación les hizo mal, o ¿será que la rabia no los deja descansar y tienen razón?"

-Quiero salir a mirar, ¿por qué no puedo salir, abuelo? –insistió mañosamente, Rayencita.

"¡Porque no. No podemos. Nos tienen arrinconados. ¡Podrás salir a jugar de verdad cuando ellos se vayan de nuestras tierras!" -le hubiera gustado gritarle, porque esa era la verdad, pero prefirió seguir mintiéndole:

-Quédese tranquilita. Ajuste la puerta para que no entre ese humo tan malo que hace llorar. No salga aún, ¿no ve que le puede pasar algo? Cuando los grandes dejen de jugar puede salir usted –le respondió el abuelo con la voz llena de frustración y angustia.

Afuera se sentía que los gritos y tropeles campeaban de un lado para otro; se acercaban y alejaban avivando los temores del pobre viejo mapuche postrado en su silla. Miraba a su nietecita y no sabía qué decirle, cómo explicarle, cómo calmar la curiosidad de la niña sin usar la temida palabra, cómo explicarle que vivir en su propia tierra es un peligro.

---

[12] Jóvenes, en mapudungun.

-Quiero salir a correr también, abuelo ¿por qué no puedo salir a corren? También quiero jugar.

-Usted no puede jugar con los grandes –le dijo el anciano- porque hacen mucho ruido y no respetan a los niños, mejor esperamos un ratito más y después yo la acompaño. ¿No ve que aquí en la ruca no la pueden pasar a llevar? Mejor quédese conmigo un ratito. Si los grandes tampoco quieren jugar con usted. Venga, acérquese que le voy a contar el cuento del puma y la liebre.

La oferta del abuelo por fin logró cautivar la atención de la niña que no pudo rechazar la invitación a escuchar por enésima vez su epeu[13] favorito.

"Mejor que crea que toda esa maldad de afuera es sólo un juego -pensó el viejo- está muy chiquita para soportar tanto abuso. Mi piche karu lelin tiene derecho a vivir en paz"

Mientras la pequeñita se acomodaba a su lado, el anciano se pasó, disimuladamente, la mano por los ojos, carraspeó para soltar la pena de su garganta, tomó un sorbo del mate amargo (como su vida) al que ya estaba acostumbrado, apartó su muleta de madera para darle espacio a la pequeña, y comenzó:

- "Venia bajando el puma, triste, desde la montaña, porque…"

-o-

---

[13] Cuento o relato, en mapudungun. Por lo general del genero de las fabulas.

WEICHAFE[14]

Una historia basada en hechos irreales

**"Los amigos nos abandonan con demasiada facilidad,
pero nuestros enemigos son implacables"**
-Voltaire.

I.

El fuerte dolor punzante en el costado izquierdo de su estómago gatilló como relámpago los recuerdos de su juventud. Lo primero fue la frase discursiva del finado Allende: *"Ser joven y no ser revolucionario, es una contradicción hasta biológica"*. Esta sentencia conminó a Manuel a militar en un grupo subversivo clandestino que se proponía derrocar al dictador de turno que tenía el país hace varios años. No pudo recordar dónde

---

[14] Guerrero o luchador, en mapudungun.

la escuchó ni en qué circunstancias. Sólo rememoró que se dejó llevar por la impronta del llamado revolucionario y optó por la acción política basada en la fuerza para deponer al gobierno tiránico.

Contactarse con los jóvenes revolucionarios del MRL no fue nada fácil, pero ese era el camino correcto para emprender su lucha. Sabía que se organizaban en células paramilitares clandestinas, pero, sin embargo, todos conocían en la universidad a uno de sus máximos representantes: *El loco Milo*, también conocido como *El Compañero Milo*, era públicamente el líder "político-militar" de la facción revolucionaria en la casa de estudio. Por su puesto, esto no lo debía saber nadie, aunque nadie desconocía la existencia de este Che criollo. Los hombres lo veían con la admiración que despierta en la juventud los héroes dispuestos a inmolarse por la libertad de los demás, por su parte las mujeres soñaban con ser el objeto romántico en las vivencias peligrosas del joven partisano.

Le llevó varios días para atreverse a hablarle y ofrecerle su ayuda y apoyo en "post de la justa lucha que él llevaba adelante en el país"-pensaba. Era tal la admiración por el prototipo de hombre que veía en *El Compañero Milo* que no encontraba las palabras precisas para dirigirse a él. El aura de cercanía y distancia que emanaba su presencia, al parecer, se debía a su facha de joven intelectual: pelo largo hasta los hombros, lentes tipo John Lennon, pantalones anchos de cotelé, bototos de trabajador, el ceño fruncido como en un eterno y permanente pensamiento profundo, y un librito de bolsillo en la mano.

Le hizo la guardia en el casino, en el parque del lado de la sede de la federación de estudiantes y hasta en el baño. Pero cuando lo tenía cerca no sabía cómo iniciar el dialogo.

Pensó en decirle:

-Hola Loco Milo, quiero ser revolucionario como tú.

O, mejor dicho:

-Compañero Milo, quiero ser revolucionario como tú.

También pensó en realizar alguna acción intrépida que llamara su atención y fuera él quien lo invitara a colaborar en la lucha antifascista. Pensó en hacer un discurso público que encendiera los ánimos de los estudiantes y salieran a la calle a marchar por la democracia, se veía subiéndose a una mesa en el casino a la hora del almuerzo para pronunciar una jerga mientras la muchedumbre alborotada gritaba por más. Pensó en iniciar su discurso con:

- "Estas son mis últimas palabras…" Pero mal. Muy mal, iniciar un primer discurso con las últimas palabras. Luego lo repensó y se dio cuenta que no tenía idea de qué decir. Así que desistió de realizar su primera intervención pública en la escena revolucionaria criolla.

La otra acción podría ser atacar la comisaria que se encontraba a dos cuadras de la facultad. La idea le pareció excelente, pero su cobardía le aconsejó que lo hiciera en otra oportunidad, más adelante.

Como no sabía qué hacer para demostrar su compromiso revolucionario le contó sus planes a su mejor amigo. Aunque

que le parecía más novato que él en esto de las acciones subversivas, también creía que él lo podía aconsejar.

-Patricio, tengo un plan para luchar contra la dictadura, pero no sé cómo empezar.

- ¿Y con quién es el plan? -le consultó.

-Estoy solo en esto, y quiero que me aconsejes qué puedo hacer para comenzar.

-Hay que hacer algo que cause mucho impacto -le respondió clara y tajantemente Patricio.

La seguridad contenida en la respuesta lo dejó apocado y con dudas sobre la novata inocencia de su amigo. Sin embargo, su consejo le pareció adecuado, una acción de alto impacto le validaría como un joven comprometido con la causa libertaria.

- ¿Y tú sabes qué hacer?

-Si.

- ¿Y…?

-Tengo algo que mostrarte.

-Ah… ¿y qué es?

-Ven a mi casa. Es algo que, si los milicos o mi mamá se enteran, me matan.

- ¿Y para qué quieres hacer "una acción"? -le consultó, Patricio, con la mirada fruncida y directa a sus ojos.

-Bueno, hago la acción y pido que me acepten en el MRL.

-Perfecto, vamos a mi casa mañana en la tarde, después de clases.

Cuando salieron de la facultad ya atardecía. Tomaron el micro en dirección hacia el sector poniente de la ciudad.

Viajaron como diez minutos cuando de pronto Patricio se pone de pie y le ordena que bajen rápidamente del micro con el vehículo casi sin detenerse por completo. Cruzaron la calle y tomaron otro micro que venía en sentido contrario. Él se sentó en los primeros asientos y su cómplice se fue, sin decir nada, hasta los asientos del fondo. Pasada una media hora de viaje bajaron del micro. Él miraba para lado y lado. Sentía que todos los transeúntes que pasaban a su lado los miraban con sospecha de sus próximas acciones contra la "democracia protegida" (como el dictador denominaba a su régimen). Mientras más cerca estaba de llegar a su destino, más le invadía el temor a ser descubierto.

Para que su amigo no notara el miedo que le recorría por dentro le iba hablando del libro que estaba leyendo. Pero en realidad eran solo reseñas sacadas de los comentarios del programa de radio "*Minuto Literario*" auspiciado por La Feria Chilena del Libro. Era un triste remedo de programa cultural patrocinado por la dictadura para combatir el "apagón cultural" que vivía la sociedad militarizada. El programa consistía en entregar el contenido de un clásico de la literatura universal comprimido en exactamente un minuto de radio. Así fue pensado, así se transmitió y así de ignorantes quedaron en su generación.

Entraron a la casa sin encender la luz. Recorrieron el pasillo a oscuras y salieron por la cocina al patio trasero solo iluminado por la tenue luz proveniente de las luminarias de la calle. Se dirigieron derecho al fondo del patio en donde Patricio escarbó bajo una pila de restos de maderas semipodridas y desenterró una maleta de metal envuelta en una lona gruesa. Patricio tomó la caja, lo miró directo a los ojos y muy serio le dijo:

-Aquí está.

Al ver la caja surgir de su escondite sintió que el miedo hurgueteaba por su interior y preguntó:

- ¿Qué es?

-Un arma muy poderosa.

La respuesta puso en su mente un par de armas de guerra con sus respectivos cargadores de repuesto junto a mapas y documentos de identidad falsos acompañándolas. La imagen le secó la garganta y puso a cabalgar su corazón a pleno ritmo.

-Ayúdame. Agarra de allá. Que no se vaya a dar vuelta que se puede estropear -le ordenó Patricio.

Tomó un extremo de la caja que estaba helada como hielo y sintió como se movían dentro algunos objetos de metal.

- ¡Con cuidado! que se puede salir la carga -susurró su amigo.

La advertencia lo hizo imaginar que el metal de las armas se encontraba expectante y ansioso de ser útil a su propósito luego de ser levantado de su forzado letargo en el fondo del patio. Pensó que las armas exultaban de alegría al haber sido levantadas del sopor forzado en que se encontraban.

Llevaron la caja hasta el dormitorio de su compinche para estar a resguardo de las posibles miradas que podrían estar espiando. Patricio, puso la caja sobre su cama, cerro con pestillo la puerta, corrió las cortinas de la ventana que daba al patio, se aproximó a la cama, retiró la lona que envolvía la caja y quedó expuesta una maleta metálica de color verde oliva con dos cerrojos: uno a cada lado de la tapa. Los cerrojos brincaron y todo quedó listo para develar su contenido. Manuel se sintió como Pavel Korchagin cuando se incorporó a las revueltas revolucionarias en Rusia de 1917.

Su mentor, antes de abrir la maleta, pronunció la siguiente sentencia:

-Lo que te voy a mostrar está prohibido. No le puedes contar a nadie, yo confío en ti. Nunca me traiciones.

Patricio, levantó la tapa y dejó al descubierto un mimeógrafo artesanal; hecho de metal, que aún contenía un esténcil adherido donde se podía leer la consigna: "*¡Fuera El Dictador! ¡Democracia ahora!*".

La caja también contenía un rodillo para esparcir la tinta, una brocha pequeña, una tijera grande, potes de tinta negra para imprenta, una espátula y una resma de papel roneo abierta. Más unos cuantos panfletos listos para ser tirados al aire.

-Pensé que eran armas de fuego -comentó desilusionado Manuel.

-Y para qué, esto también es parte de la lucha.

-Sí, claro. Cuando los milicos nos disparen le tiramos panfletos y si estamos muy cagados les tiramos la espátula.

-No tienes idea como disparar y estás pensando en hacer la revolución armada. No seas hueón –lo increpó Patricio.

Lo escuchó con desilusión y pensó que su amigo era un cobarde. Que prefería permanecen escondido bajo las faldas de la noche tirando panfletos a escondidas de todos. Definitivamente él no tenía pasta de héroe. Lo juzgó como un calzonudo temeroso que magnificaba el valor de una caja de lata llena de puras huevadas inútiles que no hacían ningún daño a nadie.

Patricio, como habiendo escudriñado en sus pensamientos lo miró y le dijo:

-Un arma bien cargada puede terminar con un par de enemigos, pero una frase bien dicha puede terminar con la dictadura.

- Bueno, eso será para ti. Yo quiero luchar –respondió Manuel.

-Cualquiera puede cargar y disparar un arma, pero hacer una consiga no lo hace cualquiera. Puedes dejarle incrustada una bala en el pecho a un milico y matarlo, en cambio una buena frase se la dejas incrustada en el cerebro y ese milico se pasa a tu lado.

- Yo quiero que *El Compañero Milo* me valore –agregó Manuel.

- ¿Y tú crees que ese hueón le ha disparado a alguien o que se atreve a tirar panfletos? No le ha ganado a nadie.

-No sé, pero se arriesga todos los días –lo defendió Manuel.

-Es unególatra que se protege siendo un personaje público, pero se caga de miedo si lo invitaras a salir por la noche a lanzar panfletos contra el dictador.

-No creo.

-Haz la prueba. Llévate estos panfletos e invítalo a salir mañana en la noche -lo provocó Patricio.

Manuel hizo el ademan para tomar los panfletos.

-No, no, no, ven a buscarlos mañana en el día. Ahora es peligroso. Si te pillan los milicos te meten preso y capaz que te hagan desaparecer -le advirtió Patricio.

Al otro día, temprano, cuando tomó los volantes sintió miedo, de ese que no se refleja en los actos si no en el estómago; de ese que marea y seca la garganta. Sentía que todas las almas que habitaban el barrio sabían lo que estaba haciendo y esperaban a que saliera a la calle para espiarlo con miradas inquisidoras.

"Debo disimular mi temor" -pensó. Puso los papeles en el bolso y envalentonado le preguntó a su amigo si tenía más. Al parecer, Patricio notó su desesperación y le aconsejó que tuviera cuidado.

Se fue directo a la universidad en busca de *El Compañero Milo*. Luego de preguntar un par de veces por él todos le indicaban que lo habían visto por última vez en la cafetería de la facultad. No costó nada encontrarlo. Sin dudas *El Compañero Milo* era un personaje muy público. El darse cuenta de esto no le gustó para nada y se percató que al juntarse con él también estaría exponiéndose. Pensó rápidamente y decidió pedirle a un compañero de curso, que encontró a mitad de camino, que le llevara un recado:

-Dile que tengo que entregarle unas cosas que mandaron para él. Dile que lo espero ahora en la sala 14 y no le digas que soy yo.

El correo partió raudo a entregarle el mensaje al mítico revolucionario.

La sala 14 quedaba al final de un pasillo sin salida. Era un lugar que no permitía escapar para ningún lado; era una sala con barrotes en las ventanas y aislada de todo, era el lugar preciso para cazar incautos. Manuel fue al inicio del pasillo, miró a su alrededor y se ubicó en un baño que se encontraba frente al pasillo y que tenía ventanas que daban a un patio trasero.

Entró al baño y se ubicó frente a un urinario desde donde podía ver el pasillo hasta la sala. Al poco rato de espera vio pasar raudo al *Compañero Milo* que despreocupadamente buscaba al emisor del mensaje clandestino. Milo entró a la sala, salió al pasillo, volvió a entrar y de nuevo al pasillo. Cuando vio que no había nadie se ubicó en el umbral de la puerta a esperar. Si esto hubiera sido una trampa, la presa se estaría entregando sola, rápida y estúpidamente. El mentado compañero esperó un rato y con desgano se fue de la sala por el mismo pasillo desolado. Manuel lo observaba con disolución al percatarse del tonto actuar de su ídolo.

Cuando el soso combatiente pasó frente a la puerta del baño Manuel estiro su mano y tomándolo del brazo lo metió al cuarto.

-Soy yo quien quiere hablar contigo.

- ¿Tú me mandaste buscar?

-Sí, quiero proponerte algo. Tengo estos panfletos para que los tiremos en el casino.

El compañero Milo se quedó callado, lo miró con sorpresa y dijo:

-Yo no puedo hacer eso. No me permiten que me exponga de esa manera.

-Quienes no te dejan.

-La "Dirección".

-Qué "Dirección".

-La del movimiento.

- ¿Y qué hago con estos panfletos?

-Mmmh, no sé… ¡Tíralos tú!

Por sus respuestas balbuceantes y temblorosas Manuel se dio cuenta que el pobre compañero se encontraba muerto de miedo y que eso de la prohibición era sólo una excusa para negarse a acompañarlo en su aventura y salir liberado de responsabilidad.

El pobre compañero era sólo un revolucionario de cafés, cuyo campo de acción no iba más allá de la sede universitaria y de las palabras altisonantes para la galería.

Pensó rápidamente -gracias a la adrenalina que corría por su cerebro- que siempre es mejor hablar con Tarzán que con los monos y se cruzó en la puerta para que el revolucionarito no saliera escapando a refugiarse en la cafetería de la universidad. Lo miró directo a los ojos y poniéndole firmemente su mano en el pecho y le dijo:

-Dime, ¿quiénes son los de la "Dirección"?

-No sé –respondió, Milo, con temor mientras tragaba saliva.

Lo vio tan invadido por el temor que aprovechó la situación y lo presionó aún más -el pobre compañero no daba un centavo por su seguridad al darse cuenta que estaba totalmente a solas con un loco extremista.

-Si no me lo dices vas a tener problemas.

-Bueno, bueno, cuando vengan a verme les diré que quieres ponerte en contacto con ellos.

- ¿Y cuándo es eso?

-El viernes en la mañana.

Lo soltó sin decir ninguna palabra y sin voltear su cabeza lo dejó salir sin moverme de su lugar en la puerta. El pobre Milo tuvo que salir esquivando a su interrogador y apegando su espalda a la pared. Esa técnica y las palabras: "Vas a tener problemas", lo aprendió del filme *"El sello de un cobarde"*. Por fortuna su interlocutor era fácil de intimidar: era un cobarde de tomo y lomo.

El viernes era en dos días, pero él no pensaba arriesgarse exponiéndose para que cualquiera supiera de su actividad ilegal. Nuevamente se acordó de su amigo Patricio para que le aconsejara qué hacer el viernes. Cuando le contó del "contacto" que tendría ese día, su amigo le respondió que no podía ayudarle y que mejor no se arriesgara con los huevones tontos de la universidad. Ante la respuesta de su amigo puso en práctica lo aprendido en la escena del baño. Cuando le puso la mano en el pecho y pronunció la sentencia, Patricio lo miró con una mirada sin expresión y con voz suave le dijo:

-Déjame pasar, no seas hueón... y ¿qué problemas voy a tener contigo? –agregó mirándolo fríamente a los ojos.

Acto seguido, sin decir nada más, dio un paso adelante resueltamente apartándolo de su camino y sin voltear la cabeza se fue.

El viernes llegó temprano a la cafetería, como a las diez, cuando ya estaba repleta de estudiantes: futuros profesores de castellano; de historia; de filosofía; de educación general básica; etc. Era la miel y nata de la intelectualidad obrera llegada de los barrios periféricos de la ciudad al centro de la capital a educarse como agentes de cambio social para las nuevas generaciones. Entre ellos y como florero de mesa se encontraba el cobarde *Compañero Milo*.

Pidió un té –que es bastante más barato que un café- y junto a un pan con huevo que traía de su casa se sentó cerca de la puerta a ver con quien de la "Dirección" se juntaría el timorato compañero Milo.

Colocó un cuaderno y un libro en la mesa para fingir que estaba escribiendo algo.   Para que la simulación pareciera real se inspiró y comenzó a repasar y corregir un poema propio:

Soy capaz de hacer los poemas más melancólicos este atardecer
Decir, por ejemplo: Los luceros relucientes de la noche tiemblan a la
distancia.

La briza del atardecer brinca y clama.
En atardeceres como este abrace a mi amada,
La besé en la boca.
Ella me quería y algunas veces también yo la
amaba.
Pero ahora puedo ver la tarde tan sola como el
alma mía.
Fue imposible no amar sus inmensos...

¿Qué escribes? -escuchó decir a una voz. Levantó la vista y se encontró con Patricio de pie frente a él acompañado de una jovencita de melena castaña larga y rizada que adornaba su rostro delgado flanqueado por un par de aros artesanales de plumas coloreadas. "Esta es Doris, te va a ayudar para que no hagas estupideces" –dijo su amigo. Luego dio media vuelta y se fue como había llegado: sin llamar la atención de nadie. La impronta de sus palabras no le cuadraba con la personalidad que él conocía de su amigo. Al parecer, tenía doble personalidad, algo así como el *doctor Jekyll y el señor Hyde*.

- ¿Y qué escribes? -preguntó la flaca rizada.
-Una poesía.
-La puedo ver.
-Sí, pero… no está terminada.

Ella se sentó a su lado y tomó el cuaderno. Mientras leía el poema, él podía sentir la tibieza de sus piernas y el aroma que emanaba de sus rizos. Miró sus manos delgadas de dedos como estiletes de seda que sostenían "su" poema y se sintió cautivo de sus encantos. La muchacha terminó de leer, giró su delgado cuello hacia él y dijo:

- ¡Qué bonito!, tu polola debe estar feliz contigo si escribes cosas como estas. Esta poesía me recuerda a las de Rabindranath Tagore.

Su última frase le hizo sentir como condenado frente al pelotón de fusilamiento y optó por no responder nada, solo un "mmmh". Luego agregó:

-Estoy esperando para tomar contacto con la "Dirección" del MRL que se va a juntar con *El Milo*.

- "*El Compañero Milo*", recalcó seriamente, Doris.

-Ah, sí, bueno, con él.

Doris, lo miró, se sonrió sarcásticamente, luego se puso de pie y miró en todas direcciones y le aseguró que no había nadie extraño en la cafetería. No supo en qué se basaba su afirmación, pero la seguridad con que lo dijo lo convenció. Le propuso que siguieran esperando, mientras tanto ella cortó un par de hojas del cuaderno de poemas y se puso a dibujar en forma desordenada ojos, labios, estrellas, flores y florcitas, todo de diferentes tamaños y formas. Él hacía como que escribía y miraba de reojo a su nueva compañía y cayó en la cuenta de que nunca la había visto entes por ningún lugar de la universidad.

-Y tu Doris, qué estudias.

-No estudio aquí.

-Y… ¿dónde?

-En otra universidad

- ¿En cuál?

Doris lo miró fijo y telepáticamente le dijo: *"No preguntes más huevadas que no te interesan y que no voy a responder"*. Luego, en un susurro agregó:

-Ese que viene entrando es "el contacto".

-Cómo sabes si aún no se ha acercado al compañero Milo.

Ella se paró, tomó su mano y le ordenó:

-Vamos, que no nos vea él ni el pobre hueón del Milo.

Mientras salían del local le preguntó por qué sabía que ese era el contacto.

-Cállate y tómame la mano… sentémonos ahí a un costado de esa ligustrina.

-Pero ¿si no es?

-Es él, fíjate en la calidad de las zapatillas, del jeans, y de la marca de la mochila.

-Hay otros compañeros que también usan cosas de marca –replicó Manuel.

-Pero no todas juntas. Además, pon atención en que es el único rubiecito por estos lados.   Este es un mijitin que de seguro estudia medicina o ingeniería comercial en la "Cato".

Los argumentos de Doris le parecieron sólidos por todos lados y se imaginó al pobre del Milo jugando a ser espía recibiendo información a la vista y paciencia de todos para ufanarse de su valor revolucionario. Se imaginó que cuando el timorato revolucionario miró al lugar donde él debía estar debió pensar: "Que alivio. De puro lacho se fue con la minita".

Manuel y Doris salieron al exterior y se sentaron en el césped que adornaba el patio central de la facultad, un poco cubiertos por la ligustrina que les servía de biombo natural. Hicieron como que estaban leyendo y estudiando distraídamente con todos los libros y cuadernos tirados a su alrededor. Al poco rato vieron asomarse a la puerta de la cafetería al rubiecito quien miraba para todos lados para cerciorase que no lo vigilaban.

Doris se levantó y comenzó rápidamente a poner los cachivaches en los morrales y nuevamente comenzó a dar órdenes:

-Vamos, apúrate, caminemos delante de él.

- ¿No tiene que ser al revés?

-Apúrate, él está esperando a que lo sigan, va a fijarse en los que estén detrás de él, no a los que vayan delante. Este mijitin es de poca monta; él también es un conejillo de india.

Esta nueva argumentación le dejó claro quiénes eran los aficionados y quiénes los profesionales. Se pusieron de pie y tomados de la mano partieron delante del blondo niño bonito que se dirigía hacia la salida de la facultad.

Mientras caminaban, varios metros por delante del "contacto", Manuel -para darle más realismos a la escena romántica que representaban- aprovechó de tomarla por la cintura y darle un beso rápidamente.

-Qué te pasa, no te pases películas conmigo -gruño su compañera.

-Es para disimular, tú no te pases rollos -le respondió con una sonrisa picaresca.

Doris se hizo la enojada, pero sus ojos y la presión de su mano en la de él decían todo lo contrario. Cómo no le iba a gustar si estaba con un hermoso y joven weichafe a su disposición y comandos.

Salieron a la calle, cruzaron a la vereda de enfrente y enfilaron hacia la esquina de Gorbea con Lastra.
- ¿Y si se va para el otro lado? –interrogó Manuel.
-No, para ese lado están los pacos.

Llegaron a la esquina en donde se encontraba un roñoso kiosco de lata que vendía papas fritas. Se arrimaron al mesón y pidieron una porción grande de papas en un cucurucho de papel de rayas rojas y blancas. En ese momento pasaba a su lado el "contacto". Manuel se angustió y abrazó a su compañera. Ella soltó una risa sonora que lo asustó más aún.
-Psssh, no llames la atención -le ordenó débilmente Manuel.
-Ese hueón va tan muerto de miedo que no pone atención en quien debe, todo lo contario. Va tan asustado que busca donde no debe. Ahora, vamos a seguirlo descaradamente. Este gil anda buscando en cualquier otro lado, menos bajo sus propias narices.
-A, claro: "*Mientras más se mira menos se ve*" -acotó él, sonsamente.
-Mejor abrázame y camina que ahora sabremos con quien se reporta –le ordenó Doris con mirada coqueta.

El rubio conejillo de india siguió por Gorbea dos cuadras más y cruzó en diagonal un parque hacia calle Limache. Cuando se iba aproximando al otro vértice del parque -hacia un banco de madera en donde había un hombre de mediana edad que lucía lentes ópticos, grandes bigotes y gorra gastby color gris, que parecía leer una novela- comenzó a mirar para lado y lado.

- ¡Ese es el que importa! -dijo Doris, apretando la mano de Manuel-. Acto seguido lo abrazó y le dio un beso. Sin dejar de abrazarlo lo miró con los ojos brillando de placer y los labios tibios aún por el tórrido beso y en un susurro le dijo con voz melosa:

-Es para disimular.

Manuel sintió el calor que emanaba del pecho de su maestra y el movimiento de sus caderas entre sus manos. Sintió la curvatura de su espalda y la hendidura que hacia su columna moviéndose como una serpiente en el jardín del paraíso.

Él miró de reojo al hombre de la novela y lo vio arreglándose el mostacho y acomodándose los lentes justo cuando el jovencito se sentaba a su lado. El mijitin, con el cuerpo torcido comenzó a hablarle rápida y telegráficamente – claramente dándole cuentas de lo realizado-. El bigotudo lo escuchaba sin mirarlo mientras seguía fingiendo que leía. Una vez que el muchacho entregó el informe el hombre dijo algo de dos o tres palabras. Se paró y sin mirar a su informante se fue rumbo a calle Limache.

- ¡Sigámoslo! -le susurró Manuel a su nueva conquista.

-No, sentémonos en el banco que está un poco más allá a esperar que pase de vuelta.

Esta vez, sin cuestionar nada, acató la orden. Se sentaron un rato corto, pero el suficiente para no perder su tiempo: le dio dos besos largos y acarició sus seños con delicadeza y pasión.
Cuando el hombre apareció de vuelta, Doris ordenó:
-Ya, ya, ya, que ahí viene.

II.

"Es Ramón. Estoy segura" -le dijo Doris a Patricio.
- ¿Segura?
-Sí. Segura.
Patricio miró directo a los ojos de Manuel y con su cabeza un poco inclinada dijo:
-Estamos listo, el domingo a las ocho te paso a buscar a tu casa. No te pongas ni el morral ni el chaleco artesanal. Usa zapatos o zapatillas decentes. No esas chalas de jipi.
- ¿Qué vamos a hacer?
-El domingo te digo, ahora me tengo que ir. Ustedes sigan aquí como tortolitos.

Esta última "orden" hizo que Manuel se entregará a cumplirla a cabalidad entre los rizos y las curvas de Doris. Tirados en el césped la besaba y tocaba sus piernas. El ruido de las voces y gritos de los estudiantes que pasaban a su alrededor parecía sonar como el Aleluya de Häendel.

La víspera del domingo Manuel se desveló y se concentró en la lectura de *"La sangre y la esperanza"*. Cuando el olor a cloacas que provenía del relato de Nicomedes Guzmán invadía su pieza sonó la alarma de su reloj de pulsera *Casio-Digital*. Cerró el libro y lo dejó escondido debajo de un montón de zapatos dentro del closet. Se incorporó rápidamente y fue a prepararse el desayuno: un ulpo "a cuchara parada" con agua hirviendo y harto azúcar, acompañado de una taza de té; también puso sobre la mesa un par de manzanas verdes que su papá había traído desde "su" comunidad mapuche en Los Liquiñes.

Ahí, disfrutando de este desayuno indígena esperó hasta que Patricio tocó suavemente la puerta de la casa. Abrió la puerta y su amigo que venía vestido como caballerito entró y se puso de pie junto al umbral pidiéndole que salieran luego. Dejó los restos del desayuno en la cocina y se despidió a gritos de sus padres:

-¡Peukayal![15]. Voy a estudiar con el Patricio.

- ¡Pa' qué le dijiste que ibas conmigo! -refunfuño Patricio con los dientes apretados, mientras cerraba la puerta-. Acostúmbrate a responder sólo cuando te pregunten y sobre lo que te pregunten. Ya, vamos.

- ¿A dónde vamos?, le preguntó con timidez

-A la casa parroquial.

- ¿Y a qué?

- ¡A rockear!... Viste que ese es un lugar "pa'-roqueal".

El chiste era muy fome y malo, pero Manuel lo celebró igual.

---

[15] Chao, adiós, hasta la visa: en mapudungun

Caminaron más de diez cuadras zigzagueando por las calles del barrio hasta que llegaron a la parroquia. Pasaron al patio interior del recinto en donde había un par de salas grande desde donde provenía un barullo de voces y risas juveniles. A medio camino se cruzaron con un gringo que venía saliendo de una de las salas.

- ¿Ese quién es? -consultó a Patricio.

-Es un cura obrero.

La respuesta lo confundió: ¿Sí era cura, por qué no andaba con sotana; ¿y si era obrero, por qué no andaba con bototos y un lápiz de mina en la oreja? Así que en conclusión resumió que era un médico que se dedicaba a curar obreros pobres que venían por ayuda a la parroquia.

Se dirigieron hacia la sala en donde un hombre adulto-joven, bien afeitado y un poco calvo, dibujaba unos gráficos garabateados sobre una pizarra tratando de explicar el concepto de "Cultura Popular" a su audiencia juvenil que ponía más atención en tasarse unos a otros que en el artesanal profesor de sociología para principiantes.

Se quedaron de pie junto a la entrada hasta que el "profe" miró hacia donde se encontraban y con un gesto de la mirada los saludó. Manuel respondió el saludó con un movimiento de las cejas y una sonrisa, luego, miró a su lado, hacia su acompañante, pero Patricio había desaparecido. Asomó su cabeza al patio, pero nada, Patricio ya no estaba.

Comprendiendo que esta puesta en escena debía ser parte del plan se quedó a escuchar la clase de la que sólo le quedó claro, por versión del expositor, que "La cultura es un constructo social, y punto".

Terminada la clase el profe se acercó a él y con un fuerte apretón de manos y una grandísima sonrisa lo saludó afectuosamente:

-Hola, qué tal, me llamo Ramón, Patricio me contó que quieres trabajar con nosotros.

-Bueno… si, pero es la primera vez que vengo a la parroquia.

El "profe" lo tomó del brazo y le sacó de la sala hasta el medio del patio.

-Mira, yo conozco a gente del MRL y me alegra que quieras integrarte a la lucha.

Al verlo más de cerca lo reconoció; era el hombre del parque que ahora no se encontraba caracterizado de espía criollo. Se le heló la sangre al darse cuenta que estaba frente al misterioso hombre que recibía los reportes del mijitin en el parque de calle Limache.

-Bueno, sí. Quiero ayudar a terminar con la dictadura -balbuceo Manuel.

Estaban iniciando la conversación cuando se les acerco un par de jovencitas y tras de ellas tres muchachos: ellas, con cara de beatas picaronas y ellos con pinta de "califas". Cada una de las niñas tomó al "profe" por un brazo y los hombres le extendieron sus manos como saludo.

Ramón, mirándole de forma cómplice lo presentó a los jóvenes:

-Él es… ¡Antonio!

No era su nombre verdadero, pero le gustó. Comprendió que ya estaba en la clandestinidad.

-Ella es Sofía –dijo el "profe", indicando con un movimiento de su cabeza a su derecha- y ella es Libertad –agregó, indicando a su izquierda.

Ambas preciosuras se acercaron y lo saludaron con un sonoro beso en la mejilla e inmediatamente volvieron a colgarse del brazo de su intelectual de barrio.

-A estos ya los conociste -cerró las presentaciones indicando con un gesto de los labios a los muchachos.

Ramón se zafó de las muchachas y salió con Manuel al lado afuera del recinto de la parroquia. Ahí le pidió que se quedara hasta las 12 hrs. porque iban a tener una clase "un poco más privada". Se despidió advirtiéndole que volvería luego. Como faltaba poco para la hora señalada volvió a la sala en donde los jóvenes tarareaban canciones que interpretaba un muchacho con guitarra sentado sobre una de las mesas de la sala rodeado de jovencitas que parecían palomas alrededor de un viejito que les tiraba migas de pan. Se sentó cerca de Sofía y Libertad que lo invitaron a estar junto a ellas.

Como a las 11:30 hrs. ya se habían ido todos. Sólo quedaba Libertad, Sofía y uno de los muchachos del grupo que les contaba cómo iban sus planes para entrar al seminario y de su vocación para convertirse en cura-obrero. "Otro médico para pobres", pensó sarcásticamente. Las niñas también se presentaron; ambas estudiaban pedagogía general básica en la U. Católica, eran amigas hace varios años y vivían en el mismo barrio en una acomodada comuna de la capital. La presentación le dejó claro por qué las percibía un poco distante a su entorno; eran de pelo castaño claro, usaban ropa juvenil de marca, se maquillaban como señoritas y no hablaban con groserías. Por esto mismo les preguntó sin rodeos y derechamente:

- ¿Qué hacen aquí?

- ¿Por qué? -Replicaron casi al unísono.

-Es que ustedes vienen de lejos, tienen que cruzar toda la capital para llegar aquí.

-Es que nos gusta, y tú, qué haces -respondió Libertad

-Estoy en primero de historia en el "peda".

- Aah, tenemos varios amigos que estudian ahí también.

- ¿Y por qué no se metieron al pedagógico? -les interrogó metiéndoles el dedo en la llaga.

-Mi papá me matriculó en la "Cato" y la Libertad me siguió –se adelantó a responder, Sofía.

Sin dudas, eran un par de mijitinas jugando a ser buena gente con los pobres. Ambas, simplemente, estaban haciendo su práctica de buenas samaritanas. Su extracción social-cristiana las obligaba a poner a disposición de los más pobres el capital cultural que tenían como herencia familiar.

"¿Qué hacen aquí, qué mierda hacen aquí?" -comenzó a pensar reiteradamente sin escuchar el parloteo que tenían todos a su alrededor.

Cuando ingresó Ramón a la sala venía acompañado de otro hombre cuarentón; vestido con jeans, zapatos de gamuza, camisa azul y chaqueta de cotelé. Su personalidad se sostenía en su pelo largo color castaño, un morral de cuero que portaba en bandolera, ojos claros y una gran sonrisa de hombre amistoso y cercano.

-Este es el profe que tendremos hoy -lo presentó Ramón.

-Hola, me llamo Esteban y soy sociólogo… entre otras cosas -se presentó el recién llegado.

Todos se presentaron e iniciaron la clase que el nuevo profesor denominó, con letras garabateadas en el pizarrón, "Del origen de la familia al arte de la guerra". Les habló con pasión del concepto de familia, de los objetivos estratégicos, de los esclavos, del dinero, de la "pobla", del arte de un tal Sun Tzu, de la democracia, de los jóvenes, de la historia que la escriben los hombres, y todo tipo de sartas por el estilo. Al final de un par de horas -en las que no se pudo plantear ni una sola pregunta- sólo les quedó claro que había que crear el "poder popular".

- ¿Y cómo? -Se atrevió a preguntar el futuro cura-obrero que tenía a mí lado.

-Eso no es difícil, porque es necesario. -Respondió con un intenso brillo en los ojos el profe proletario.

- ¡Voy a tener que ocupar la sala! -Se escuchó gritar al cura gringo dueño de casa que vociferaba desde unos 6 metros antes de cruzar el umbral de la sala. Claramente no quería saber de qué hablaban para no tener que mentir si alguna vez le preguntaban.

- ¡Ya padre, ya nos vamos! -gritó Ramón, quien con un gesto de su cabeza conminó a sus alumnos a salir.

Salieron a la calle en grupo y acompañaron a las mijitinas hasta el paradero de micro en donde subieron al recorrido "Pza. Roma - Vitapura" y se fueron. A continuación, Ramón despidió sin rodeo alguno al aprendiz de cura y se quedaron solos con Esteban quien con voz cómplice y gestos de intriga se acercó a Manuel para decirle:

-Estimado compañero, después de una larga evaluación con la dirección clandestina del MLR hemos decidido aceptarlo como "hermano de lucha" en nuestra causa, por eso le invito a participar de nuestras reuniones de estudio y planificación revolucionaria. El compañero Ramón será su contacto de hoy en adelante.

A Manuel se le apretó el pecho y la garganta. Se sintió embargado por la valoración y el miedo a la vez. Miró a Ramón y a su interlocutor, y asintió con la cabeza sin poder pronunciar palabra alguna.

III.

Llevaba caminadas tres cuadras por la verada sur de calle Lautaro -con una servilleta de papel en su mano izquierda y una manzana en la otra mano -tal cual le instruyó su contacto- cuando sintió el timbre de una bicicleta que le pedía el paso. Se hizo a un lado y escuchó la voz del ciclista que le decía al pasar:

-Dobla a la izquierda y entra en primera puerta azul que veas.

Sin dudarlo obedeció y cruzó la calle mientras de reojo veía al ciclista que se alejaba doblando la esquina.

Al acercarse a la puerta indicada primero pasó por una ventana en donde pudo adivinar la silueta del compañero Ramón que vigilaba el entorno. Empujó la puerta, entró directo a un pasillo largo por donde siguió caminando (sólo su instinto lo guiaba). Llegó hasta una amplia pieza en donde esperaban sentados en unos sillones y sillas destartaladas las mijitinas, el proto-cura de barrio y otro joven que no reconoció. Saludó a cada uno de ellos con algo de sorpresa y timidez. Mientras saludaba pensaba que el único sorprendido y bicho raro en esta reunión era él; todo el resto ya se conocían. Se sentó en un piso que se encontraba junto a la mesa y luego de un par de minutos de hacer comentarios sin importancia entre los presentes apareció Ramón con Esteban.

-Bueno, ya que estamos todos, comencemos -dijo Ramón-, hoy se integra a nuestro destacamento un nuevo combatiente; el compañero Antonio, a quien la mayoría de los aquí presente conoce como "pre militante", pero desde hoy es uno más de nuestro comando.

Todos le miraban con rostros serios y ceños adustos. Acto seguido Ramón ordenó a todos los presentes sentarse alrededor de la mesa grande que se encontraba en medio de la pieza y siguió con el uso de la palabra. Habló cerca de media hora dando instrucciones de cómo se debía hacer conciencia entre los jóvenes de las universidades y centros culturales en donde el MRL se encontraba inserto. Mientras tanto, Manuel, por tanta perorata, se evadió en disquisiciones de por qué le habían aceptado en la intimidad de este grupo subversivo.

Divagaba entre sus pensamientos hasta que la palabra "bomba" explotó en el ambiente. Volvió en sí y se percató que todos ponían atención, ahora, en Esteban:

-Si compañeros, vamos a profundizar aún más en el arte de fabricar armamento para la defensa del pueblo.

Al escuchar esto sólo atinó a pensar:

- "¡Estos hueones son peso pesado!".

Ramón, volvió a tomar la palabra:

-Hemos terminado por hoy. Luego les citaremos para otra reunión. Salgan con cuidado, nos vemos pronto.

De regreso a casa pensaba en lo fácil que fue ingresar al "Movimiento" y lo fácil que fue enterarse de quién es quién y de sus planes. Se dio cuenta lo frágil que eran sus medidas de seguridad y sintió temor.

A la semana siguiente le convocaron a otra reunión. El trámite previo fue igual al anterior: la misma calle, el mismo ciclista, etc. En resumen, las mismas "medidas de seguridad" de la ocasión anterior.

Una vez ya sentado en la misma sala de conspiraciones que conocía, con Esteban y Ramón a cada uno de sus lados –sin nadie más-, más un croquis de la ciudad sobre la mesa en donde se podía ver claramente una marca en forma de cruz hecha con lápiz rojo sobre la intersección de las calles Arboleda con San Esteban, en pleno centro de la capital.

Ramón, tomó la palabra y dirigiéndose a él, dijo:

-Nuestro Comandante en la clandestinidad nos ha ordenado realizar una acción de alto impacto político-militar – miró a Esteban y agregó:

-El compañero Esteban ha preparado un artefacto que removerá las conciencias de todos los habitantes del país y permitirá que las fuerzas reaccionarias comiencen su retirada para dar paso al hombre libre.

Mientras Ramón decía estas terribles palabras sus ojos se entornaban rememorando algún relato de guerrilleros y bandidos. Su rostro tomaba calor y dejaba ver diminutas gotas de sudor en sus sienes. Esteban lo miraba con admiración mientras su fisonomía imitaba las mismas reacciones fanáticas de Ramón. Inexorablemente, la fiebre de los anhelos frustrados se apoderaba de los camaradas.

Esteban interrumpió con la mirada a Ramón; se produjo un pequeño silencio. Volvió su mirada hacia Manuel y en tono marcial dijo:

-USTED COMPAÑERO ANTONIO, será el encargado de la misión. Nuestros combatientes estarán a su disposición; las compañeras Libertad y Sofía lo apoyarán con la logística.

-Sí -agregó Ramón-, la bomba está preparada. Es segura, pero hay que transportarla con mucho cuidado. Hay que llevarla en una bolsa plástica de tienda para que no llame la atención. Una vez que llegues a la puerta de la comisaria lanzas con fuerza la bolsa hacia adentro y corres hasta la esquina en donde la compañera Libertad te estará esperando con una casaca de otro color para que te la cambies y te camufles con el pueblo… aaah hay que tener cuidado al tirarla para que no se derrame el ácido en tus manos.

Manuel, impresionado, con un hilito de voz, se atrevió a preguntar:

- ¿Cuándo es la, laa, laaa (no sabía cómo llamar el atentado que se estaba fraguando) … operación?

-Muy pronto –respondió Esteba-, por seguridad te avisaremos un poco antes de la hora "D". Así que debes estar siempre alerta y preparado. En todo caso, será en la tarde, cuando haya mucho tráfico de personas que atestigüen nuestro poder. El comandante lo decidirá.

-Bien -respondió Manuel-. Se levantó de la mesa y se despidió.

Mientras caminaba de regreso meditó que todo se fue dando muy fácil; en un par de meses ya conocía a todos. Solo faltaba que supiera quién era el mítico comandante en la clandestinidad. Aparte de esto, ya sabía de sus más secretos planes subversivos. Cada paso que daba de retorno a su casa le remecía la conciencia. Reflexionó un poco más, y como flashes en su mente se fueron ordenando las situaciones y circunstancias que había cruzado en los últimos meses, desde que se despertó su interés por militar en el MRL hasta ésta última reunión conspirativa: primero, el compañero Milo no era nada más que lo que decían de él, un loco, un tipo con la autoestima tan baja que lo llevaba a actuar como guerrillero de café de poca monta; segundo, los ideólogos también eran unos payasos ansiosos de ser reconocidos como intelectuales revolucionarios –gracias al refrán de que: "En la tierra de los ciegos el tuerto es el rey"-; y, tercero, el par de mijitinas dispuestas a todo tipo de sacrificios por redimirse de su condición de clase más acomodada que la del simple burgo.

En la misma lógica de las frustraciones sicológicas se encontraban Ramón y Esteban: el primero un guerrillero como alternativa al fracasado intento de ser militar de carrera (Así lo confesó en uno de los tantos paseos de charla intima que compartieron por los alrededores de la parroquia en donde se conocieron. Al parecer no pudo con la disciplina militar requerida: levantarse temprano, hacer deporte, trabajar duro y bañarse cada día). El otro, un pirómano antisocial dedicado a las novelas de guerrillas con el afán de ordenar y sistematizar sus ansias de destrucción social. Y, por último, un desconocido comandante que se ocultaba en la clandestinidad para no dar la cara y poner en riesgo su integridad física. Ese carismático comandante de mala muerte sin dudas era el más astuto y cobarde de todos, pues, canalizaba su maldad aprovechando el difícil tiempo por el que cruzaba el país para manejar a los títeres que se dejaban utilizar para beneficio y placer hedonista de los jerarcas del MRL.

Dedujo que el atentado contra el cuartel policial seria dentro de los próximos dos días. Hoy era martes y recordó que entre viernes y domingo nunca se había hecho nada.

Una vez tirado en su cama, por la noche, cayó en la cuenta de que no sería capaz de realizar tamaña atrocidad y la única alternativa era mandarse cambiar. Pensó hasta la madrugada en cómo desaparecer rápidamente sin dejar huellas para que no lo siguieran. La llegada del alba lo alertó aún más, ahora solo quedaba un día para cometer la acción suicida. De pronto se abrió la puerta de la pieza y entró su madre quien lo miró con compasión y dijo:

-Ándate donde tu abuela. Allá es muy difícil llegar. Te está esperando-. Acto seguido estiro su mano y le dio unos cuantos billetes.

La miró en silencio. La vio salir de la pieza y se sintió avergonzado de creer que sus padres no entendían ni sabían nada de lo que él hacía.

Se incorporó de la cama y buscó entre las cosas de su armario hasta encontrar un bolso de tela que repletó con ropa y unos cuantos libros. Miró la hora; era las seis diez de la mañana. Se apuró en estar listo y salió al comedor. Ahí estaban sus padres esperándolo. Su mamá le tenía preparado su desayuno pehuenche. Hacía mucho tiempo -unos cuantos años- que no lo atendía en la mañana. Comprendió que era su forma de despedirlo y demostrarle su cariño. Su padre sentado a la mesa consumía su desayuno sin decir palabra, pero sentía su energía presente deseándome buen viaje.

-Tu papai[16] ya sabe que llegaras hoy –dijo la madre- te está esperando en el cruce del aliwen[17].

Ese lugar no quedaba para nada cerca de la ruca[18] de su abuela, pero así lo había decidido ella misma. (Años más tarde se enteró que fue la propia kuche papai[19] la que se encargó de

---

[16] Abuela: en mapudungun.
[17] Árbol grande o frondoso, en mapudungun.
[18] Choza, casa: en mapudungun.
[19] Abuela, en mapudungun (por línea paterna).

advertir a sus padres y preparar su viaje al exilio para alejarlo de "sus amigos").

Llegó al cruce del aliwen a las ocho de la noche, después de doce horas de viaje y ahí estaba su abuelita sentada en una banca de madera al lado del añoso árbol. Lucía un colorido pañuelo en la cabeza, pollera florida y una gran trapelacucha[20] de plata maciza en el pecho.

-Aquí vas a estar quechu tripantu epu mari quiñe kuyen[21]. Estás en tu tierra, esta es tu familia. Aquí no te pasará nada-. Le dijo la abuela en un torpe castellano con fonética mapuche mientras lo abrazaba con mucho amor.

Acto seguido, apoyándose en su bastón hecho de una vara de pellin[22], se dio media vuelta y endilgó por el sendero rumbo al campo profundo, hacia la cordillera. Manuel, simplemente, la siguió rumbo a ese periplo que duraría cinco años y veintiún días en las tierras de sus antepasados pehuenches[23].

IV.

Estaba totalmente acostumbrado a su nueva vida pehuenche cuando un buen día su abuela le dice:

-Tus amigos -que ahora son tus peores enemigos- ya se olvidaron de ti. Solo uno, que no pude ver bien, sigue enrabiado,

---

[20] Adorno de pecho femenino (de Trapelun: amarrar; y cuicha: aguja).

[21] Cinco años y veintiún días: en mapudungun.

[22] Roble: en mapudungun.

[23] Hombres del pehuén, en mapudungun; grupo étnico mapuche ubicada en la zona precordillerana.

pero no creo que se atreva a hacerte mal. En siete días debes regresar a tu casa.

- ¿Y si me quedo un mes más?

-No, tienes que volver ahora. Te encontraras con la mujer que el destino puso en tu camino. Eso es así.

- "Está loca mi abuela –pensó-, si yo nunca me he enamorado y no voy a hacerlo".

Sin embargo, fiel a su estilo de no torcerle la mano al destino, obedeció y regresó a su casa. El barrio seguía igual, pero con otro aire, menos denso. Sus padres le contaron que Patricio los primeros meses preguntaba casi a diario por él y que de vez en cuando venía acompañado una flaca rizada, hasta que de un día para otro no se aparecieron nunca más.

Pasaron los años. La dictadura terminó y su trabajo de profesor era monótono y mal pagado. En algunas ocasiones recordaba sus años de "combatiente" pero rápidamente desechaba los recuerdos por ser nada más que tonterías de la juventud. Sus padres se habían ido a vivir sus últimos años a la ruca de su abuela quien al otro día de su partida había muerto en su cama, pero antes había dejado ordenado que no le dijeran nada a él hasta pasado cuatro años de su partida. Cuando sus padres le comunicaron que se iban a vivir a lo de su abuela. Los increpó por no haberle contado de la muerte de su abuela mapuche a tiempo, a lo que su padre respondió que esa fue la voluntad de la abuela Isabel y eso se tenía que respetar.

Fue curioso, pero enterarse que la abuela hacía mucho tiempo ya no existía no fue tan doloroso como haberlo sabido en el momento. Quizás eso fue lo que la abuela tenía planeado en su sabiduría clarividente.

Día tras día era lo mismo, hasta que una tarde de sábado, por razones incomprensibles llegó justo hasta el banco del parque en donde vio por primera vez a Ramón. Se sentó en el banco y los recuerdos de sus amigos se agolparon en su mente: la imagen de Doris, del sociólogo popular, de las mijitinas, del proyecto de cura-obrero, de Esteban; el armador de bombas, y de su amigo Patricio. Todos los rostros desfilaban frente a él como caricaturas sonrientes e imagines que ya no podían dañarle. Solo el rostro del mítico comandante clandestino no lo pudo dilucidar porque nunca lo había visto.

Estaba absorto en sus recuerdos y cavilaciones cuando por intuición levantó la mirada y vio, ahí, justo frente a él, a Patricio y Doris que le observaban de pie con una sonrisilla en la boca y meneando suavemente la cabeza en señal de aprobación. Los miró por un par de segundos desde su asiento. Se puso de pie y abrazó fuertemente con cariño a su amigo, mientras le decía:

-Tanto tiempo, Patricio, ¿cómo estás? -y sin saber por qué agregó: "perdóname".

Sintió que él también lo abrazaba con fuerza; con la mano izquierda por su espalda, mientras que con la derecha le hundía lentamente, pero con fuerza, un puñal en el costado izquierdo del estómago, mientras le decía al oído con los dientes apretados y rabia contenida por años:

- ¡Eres un traidor!

Fue lo último que escuchó mientras se le escapaba la vida sentado en el banco del parque Limache donde lo dejó apuñalado de muerte el que alguna vez fue su amigo y que ahora se alejaba con la mujer que fue el amor de su juventud.

En esos últimos segundos de vida, con los recuerdos pasando por su mente como un rayo, comprendió que el mismísimo "comandante" se dio el tiempo y paciencia para hacer justicia revolucionaria por su propia mano.

-o-

WETRIPANTU[24];
la noche para un discurso posible

> **Si has construido castillos en el aire,**
> **tú trabajo no se pierde;**
> **ahora coloca las bases debajo de ellos.**
> -George Bernard Shaw.

En las primeras noches de junio de cada año, sueño reiteradamente con el siguiente discurso pronunciado por la primera autoridad de nuestro país. El escenario es un gran espacio público repleto de autoridades y de gente que escucha lo siguiente:

"Estimados compatriotas:

Hoy, con la llegada del solsticio de invierno se inicia un nuevo periodo de prosperidad para los pueblos indígenas de Chile.

---

[24] Wetripantu; nuevo retorno del sol (en mapudungun), fecha que corresponde al solsticio de invierno. Desde 1998, por Decreto Presidencial, el 24 de junio es denominado Día Nacional de los Pueblos Indígenas de Chile.

En esta noche del 24 de junio, nuestro Estado renueva su compromiso con los pueblos que ya estaban en el territorio que hoy ocupamos como país; los pueblos que vivían y reinaban aquí mucho antes de nuestra República; con las culturas de Chile que por mucho tiempo el Estado intentó negar sin lograrlo, gracias a la porfía y luchas reivindicativa de su propia gente.

Este día decretado como Día Nacional de los Pueblos Indígenas de Chile desde 1998 por el Presidente Eduardo Frei, los mapuches, por siglos, lo han llamada wetripantu; los aymaras lo llaman machag mara; para los rapanui es aringa ora o koro; e Inti Raymi para el pueblo Quechua.

Esta es la celebración de un año planetario ajeno a la voluntad del ser humano; es la tierra y el sol los que nos indican que un nuevo ciclo comienza. El sol retorna para reinar nuevamente sobre la sombra de la noche: los días serán más extensos y las noches más cortas.

Este es un nuevo ciclo para seguir adelante con más justica y restitución de plenos poderes para los pueblos indígenas de nuestra república multinacional.

En el norte, el pueblo aymara y las culturas atacameñas cuentan con la propiedad del agua suficiente para su economía; por fin hemos entendido que el derecho al agua es también un derecho humano. Las empresas de explotación minera ya no contaminan con el acopio de residuos de minerales tóxicos; ahora contamos con un medio ambiente limpio en todo nuestro norte. Las empresas pagan impuestos y royalties justos, para ser reinvertidos en las poblaciones locales.

El pueblo mapuche goza de la autonomía administrativa que nuestro Estado le ha otorgado en algunas zonas del territorio sureño. La mayoría de las escuelas son bilingües, los niños y niñas mapuches cuentan con vehículos de acercamiento a sus colegios. Toda la educación básica y media en la Araucanía es acompañada por facilitadores culturales formados en universidades con costo al Estado de Chile. La demanda de tierras es restituida junto al apoyo técnico y económico que aseguran que esas tierras sean altamente productivas. Por esto nos hemos convertido en potencial agrícola que exporta sus productos a todo el mundo. Las empresas forestales explotan los recursos madereros con conciencia ecológica, tal como lo aconsejan los pueblos originarios del sur de Chile.

Queridos chilenos:

El pueblo rapanui, al igual que los pueblos del norte, administra y regula su hábitat inmediato. Las familias de la isla cuentan con propiedad sobre el suelo que transitan cada día. Los precios de productos agrícolas y mercaderías en general han bajado ostensiblemente gracias al abastecimiento semanal de bienes de todo tipo que le aseguramos desde el continente con los buques de nuestra armada.

La nueva buena noticia para los jóvenes rapanui es que estamos levantando un establecimiento de educación superior con las carreras técnicas y profesionales necesarias para el desarrollo de la isla; así los jóvenes no tendrán que alejarse de sus familias y cultura para recibir la justa educación superior que merecen.

El compromiso de nuestros gobiernos es y será el total respeto a las formas ancestrales de manejo sustentable y respeto a la naturaleza. Reconocemos que la cosmovisión indígena nos ofrece una alternativa altamente viable para salvar al planeta del colapso ecológico, pues nosotros, los seres humanos somos uno más en la naturaleza y no tenemos derecho a depredar de ella sin velar por el futuro de nuestros hijos y nietos.

Compatriotas:

Sabemos que el Convenio 169 de la Organización Internacional del Trabajo y la Carta de los Derechos Humanos Indígenas son dos instrumentos jurídicos de alcance internacional que se han convertido en nuestra guía cada vez que el Estado debe relacionarse con los pueblos ancestrales de nuestra nación. Hemos dado pasos gigantescos para ponernos al día como país en el trato justo y merecido a los pueblos indígenas que habitan nuestro territorio de norte a sur. Es así como el Ministerio de Pueblos Indígenas de Chile, promulgado hace unos años, cuenta con uno de los presupuestos más altos de la nación gracias a la nacionalización del cobre que entrega un alto porcentaje de sus ganancias para ser invertidos en mejorar las condiciones de vida de quienes han esperado por siglos respuestas a sus demandas colectivas.

Hace varios años que los servicios públicos e instituciones del Estado tienen la obligación por ley de asegurar un porcentaje de empleados, profesionales, técnicos, cargos directivos, jefaturas y cargos de confianza, con hombres y mujeres pertenecientes a alguno de los pueblos indígenas que reconoce nuestra nueva Constitución Política. Estos profesionales, técnicos y empleados públicos ayudan a que las políticas públicas que llevamos adelante tengan pertinencia cultural para que den cuenta, a todos los chilenos, que nos sentimos orgullosos de la sangre india que llevamos cada uno de nosotros.

En este breve resumen quiero resaltar la voluntad transversal que la clase política ha manifestado al incluir en nuestra Carta Fundamental el reconocimiento a nuestros pueblos indígenas y especificar los derechos fundamentales que nuestro país les asegura, como por ejemplo: ser educados en su propio idioma cuando lo demanden; la libre practica de su religiosidad; ser atendidos en los servicios de salud pública con medicina intercultural complementaria; y la forma de administración económica y política de las Áreas de Desarrollo Indígena que el Estado en conjunto con los propios pueblos interesados han determinado.

También debemos destacar el importante rol que juega la bancada de parlamentarios indígenas en la creación de normas legislativas con impronta intercultural y de respeto al ecosistema. Esto se debe a la capacidad política que tuvieron los partidos políticos de Chile para incluir entre sus candidatos a ocupar los cargos de responsabilidad político-administrativa a representantes de los pueblos indígenas. Afortunadamente, en nuestros días la participación política de estos pueblos es cosa cotidiana y frecuente en las esferas del poder político. Hoy es habitual encontrarse con políticos indígenas en el Congreso, las intendencias, gobernaciones y municipalidades.

Así como el Ministerio de Pueblos Indígenas vela por los derechos colectivos de nuestros pueblos, el Ministerio de las Culturas y las Artes, garantiza y vela por la propiedad intelectual de las creaciones artísticas provenientes de artistas e intelectuales indígenas para que nadie usufructúe de este bien sin merecerlo. La propiedad intelectual de sus obras es un derecho inalienable que está asegurado y protegido por ley; no cualquiera puede ser expositor del legado cultural de nuestros pueblos.

Estimados compatriotas, a la luz de nuestra experiencia histórica, en conjunto con la sabiduría ancestral de nuestros pueblos indígenas y la voluntad de los legisladores hemos sido capaces de crear una nación multicultural que festejamos cada 24 de junio, fecha en que nos reconocemos una República Mestiza; en su gente y cultura.

Muchas gracias,
Rayen Tika Panqara Tiare[25]
Presidenta de Chile"

---

[25] Cada palabra corresponde al nombre femenino *Flor* en los idiomas: mapudungun, quechua, aymara y rapanui; respectivamente.

EL IDIOMA DE LOS ANGELES

> "… por ello se la llamó Babel,
> porque allí confundió Yahveh la lengua
> de todos los habitantes de la tierra
> y los dispersó por toda su superficie".
> -Génesis 11:1-9

El cielo comenzaba tímidamente a mostrar los primeros rayos de sol mientras el tren soviético se iba acomodando en la Estación Central de Helsinki. Ahí debía esperar 14 horas para proseguir mi viaje en barco hasta Suecia. El hambre comenzaba poco a poco a hacerse presente.

Antes de iniciar el viaje, en Moscú, algunos compañeros de facultad me aconsejaron que no me preocupara por los avatares de la travesía y que no malgastara el poco dinero que llevaba conmigo puesto que a mi llegada al terminal ferroviario habría, sin duda alguna, algunos cristianos fanáticos esperándome para ayudarme con mis necesidades de peregrino. Sin embargo, ya había pasado más de una hora de mi llagada a la estación de trenes y los buenos samaritanos todavía no aparecían.

Llevaba conmigo una gran mochila repleta hasta el último espacio disponible con tarritos de caviar *Iskra,* perfumes rusos, collares de ámbar, botellas de vodka *Stolichnaya,* cigarrillos con la esfinge de Lenin en las cajetillas, chapitas con el rostro de los héroes de la *Revolución de Octubre,* máquinas fotográficas *Zénit* y con cuanta tontería con olor al socialismo ruso conseguida en las ferias de las pulgas y en el *Mercado Negro* de Moscú. Todo producto grabado con la frase *"Made in URSS"* era mercadería de primera para mi futura clientela en Estocolmo. La mochila, con el pasar del tiempo aumentaba, inexorablemente, de peso… y esos fanáticos aún no cumplían con su labor cristiana de ayudarme.

Me resigné y dejé de pasearme de un lado a otro del andén y tomé rumbo a un lugar más cómodo que se veía hacia la salida de la estación.

- *¡Ahora sí me tienen que ver estos huevones!* –pensé.

El hambre que me iba a acompañar hasta las ocho de la tarde se frotaba las manos; serian catorce horas que me tendría en su regazo. ¡Y los chalados samaritanos no aparecían!

Los 200 dólares que llevaba conmigo eran sagrados, intocables, estaban más allá del bien y del mal. Mi hambre no tenía ningún poder sobre ellos, así lo prometí cuando los puse en la billetera y mirando a mi mujer embarazada la tarde anterior le dije:

-Son para asegurar la entrada a Estocolmo… los voy a traer de vuelta.

Llegué al rincón escogido de la estación en donde me senté en una banca de madera larga y maciza. Miré a mi alrededor y nada. Los salvadores prometidos no aparecían.

Se veía a través de los ventanales de los altísimos muros que caía un poco de nieve y pensé que tal vez era el motivo del retraso de los socorristas de almas famélicas.

- *"Llegando a la estación le van a estar esperando unos "panas" que creen en Dios, le llevarán a que se bautice y le darán de comer"* -me había asegurado a modo de consejo, Aureliano, un colombiano moreno, compañero de facultad-. *"Ahí pasa todo el día con ellos y no sufre de hambre pa` continuar viaje a esa vaina de Suecia. Bautícese no más y ya verá"*. Estos consejos comenzaban a sonarme como dato de carrera de caballos: nunca son certeros. Además, recordé que este amigo mío, compatriota de García Márquez, también debía de sufrir de una febril imaginación que lo impulsaba a dar consejos de viaje sin haber salido nunca de Moscú.

Como a las diez de la mañana los negocios de la estación de trenes parecían gritarme: *"¡No seas tacaño contigo mismo! ¡mira estas bursh, estas hamburguesas finlandesas, este rico café con leche! Mmh, todo está rico y contundente... No te confíes de los ángeles salvadores y gasta 25 marcos, ¿qué te cuesta?"*. Y como se trataba de sobrevivir hasta las 8 de la tarde, metí la mano en un bolsillo de la mochila y saqué el resto de emparedado de Batón Ruso que venía devorando de apoco en el trayecto del viaje entre San Petersburgo y la frontera finlandesa.

Tenía el trozo de pan atravesado en la boca cuando se cruzó por delante de mí un par de finlandeses gordos, con ojos achinados, mejillas rojizas y rostros desabridos que me miraban sin dejar de caminar.

- *"Son los fanáticos salvadores"* –pensé, sin dejar de masticar y tragando rápido para que vieran que debían salvarme. Sin embargo, los ángeles se dijeron algo entre ellos y salieron por la entrada principal a la calle emblanquecida por la nieve.

Algo no estaba marchando como debía ser: bajar del tren, ser acosado por los enviados de Jesús, hacerme de rogar un rato, rendirme a la influencia divina, subir al vehículo de traslado al templo santo, bautizarme (rápidamente), llenarme la panza, decir varias veces "tack så mycket-kiitos" (muchas gracias), con entonación nórdica como lo había ensayado por horas cuando comencé a planificar esta peregrinación a la mezquita de las coronas suecas, y finalmente mandarme cambiar, bien comido y descansado rumbo a la tierra de la abundancia.

- *"A usted le va a ir bien en Suecia, ahí hay muchísimos chilenos* -me había advertido mi amigo colombiano. *A nosotros nos ponen problemas en las fronteras por ser colombianos de Colombia ... ustedes no tienen problemas con la policía"*. Ese comentario "especializado" del viajero virtual hizo que me preocupara de lucir lo menos menesteroso posible para que los guardias de frontera no sospecharan que sólo iba a Suecia a llenarme los bolsillos de dinero. Así que mi camuflaje debía ser lo más occidental posible, como el de una persona sin otra necesidad que sólo turistear.

Yo, lucía un corte de pelo a lo *Terminator*, como *Arnold Schwarzenegger*, botas de reno café, casaca azul rellena de plumas, bufanda verde agua y jeans marca *"Pepé Jeans"*. La rúbrica la ponía mis lentes ópticos *"Ray-Ban"*. Todo: personaje, colores y marcas de alta valoración en los países nórdicos. Fruncí el ceño y caí en la cuenta que la pinta estaba cumpliendo con su objetivo: no llamaba la atención de nadie. Era uno más entre todos los turistas europeos que pasaban de un lado para otro por la estación. Entonces pensé:

- *¿Será que paso por europeo y me estoy cagando de hambre de puro bien lucido que estoy, por eso no he caído en la mira de los salvadores de necesitados? Bueno, será para la otra.*

Ya eran las tres de la tarde y contra mí voluntad férrea, doblegada por el resonar de las tripas, eché mano al plan B: usar los diez dólares disponibles para casos extremos. Los tomé y partí a la Caja de Cambios de la estación. Esperé que no hubiera nadie cerca viéndome realizar el cambio de *moneda dura*, porque la esperanza de caer en las garras protectoras de los evangelistas no la perdía. *"Please change finnish marks, please"* —dije claramente- y a cambio recibí 60 suomen mark. A esta altura de mi viaje era todo un polígloto; hablaba español, sueco, finlandés, ruso y mapudungun[26]; ¡cinco idiomas con dominio absoluto de ellos! Bueno, la verdad sobre el uso indiscriminado de tanto idioma la sabía solamente yo y Dios.

Con los venditos markos fineses compré: *a few bananus, one coke y un kebab árabe.* Todo estaba tan rico que llegaba a mover la patita derecha de placer mientras comía.

---

[26] Idioma de los mapuches (mapu: tierra; y dungun: hablar)

Como a las cuatro y media de la tarde estaba dando gracias a mi mismo por los dólares gastados -mientras leía *La hija del Capitán,* de Puschkin-, cuando una voz chillonamente gordinflona me interpeló:

- *¿Usshted vienen de calummbia?*

-*No. Si, si, si... No, vengo de Moscú,* le respondí, dándome cuenta que lo único que no tenía de europeo; mi cara aindiada, me había delatado y los salvadores comenzaban a revolotear a mi alrededor.

Miré de reojos a la izquierda y a la derecha y vi con asombro a otros cazadores enviados por Dios que se acercaban con sendos rescatados salidos de quién sabe dónde. Se distinguían del resto por su grasitud manifiesta, con el pelo muy rubio; corto, liso y aceitoso, peinado como libro abierto, y para terminar con cualquier tipo de duda se acompañaban de jóvenes de rostros aindiados y morenos, vestidos con chalecos artesanales y bototos negros desgastados en las puntas. En los ojos negros y achinados -sobre pómulos prominentes- de los jóvenes brillaba el hambre acentuada por signos de interrogación sobre qué tipo de rescate culinario se venía inminentemente con la aparición de estos buenos samaritanos.

- *¿Pero... essh deeeeh calummbia?* o *¿es rrusso?* - insistió el dueño de la voz gordinflona.

-*Soy chileno* -Pero inmediatamente, para no correr riesgo en el salvataje, agregué: "chileno, *de una región de Colombia*".

Con esa demagógica aclaración geográfica salvé la interrogación y mi interlocutor me ofreció su mano en gesto de saludo:

-Me nombre essh Mikka... ¿y usshted? –consultó.

-Me llamo Patric - contesté estúpidamente dándole fonética inglesa a mis palabras para hacer más "comprensible" mi respuesta.

-Buueeno, ok, ¿usshted nossh quiere acompaññarh?

- ¿A dónde? -contra pregunté para hacerme el difícil.

-A nuesshtra templuo, aquí cercanaumente - respondió, el gordito, apuntando con su mano rosácea y gordinflona, hacia la calle blancuzca de nieve.

-Sí, vamos, pe'. No pasa nada, hermano, pe'. - intercedió uno de los rescatados que venía llegando acompañado de su ángel guardián-. El rescatado habló en voz alta para que los otros náufragos del hambre también oyeran.

Era lo que debía pasar si es que todo iba bien, así que me puse de pie, agarré mi mochila y respondí: *"Vamos"*.

Salimos a la calle y el joven que avalaba la invitación de los finlandeses se puso a mi lado y me dijo:

-Me llamo Edgar y ese que viene atrás es mi hermano Luis, pe`.

-Me llamo Patricio -le respondí.

- ¿Y a dónde vamos? -le consulté.

-Aquí cerquita, a la iglesia no más, pe'... Ahí, solamente, te tienes que dejar bautizar y hablar en leguas, y te darán una buueena comida, pe'. Así no más, pe`. También diles

a estas panas que eres colombiano, pe'. Estos no saben nada de nuestros países, pe`. Yo soy peruano, pe -me aclaró, como si yo lo fuera a confundir con sueco o alemán.

El panorama que me esperaba no me pareció tan indecoroso. Nunca me había bautizado y hacerlo nunca estaría de más. Y eso de hablar en lenguas ya lo tenía dominado.

Al doblar la esquina, como milagro nos cegó el resplandor de una enorme placa de bronce bruñido que reflejaba el único rayo de sol existente ese día en la ciudad.

Cruzamos justo en dirección a la placa brillante enclavada sobre una puerta de dos hojas que debimos franquear. Mientras cruzábamos el umbral, levanté la mirada y leí la inscripción en la placa:" Tpentecostes *Suomen kirkko"*. No sé cómo y por qué supe que la palabra *"kirkko"* significaba *"iglesia" en finlandés* y las otras dos las asocié rápidamente; la primera era facilísima y la segunda estaba escrita en todos los markos fineses que gasté en mi almuerzo. Con asombro me pregunté a mi mismo: *¿No será que de verdad soy poligloto y no me he dado cuenta?*

El gordinflón Mikka, todo sudado por el esfuerzo realizado en recolectar el rebaño que guiaba al interior del templo pentecostal, movía el brazo derecho en ademan de que nos apuráramos en entrar.

—Adentrro, adentrro, passhen, vanmos a ourar. Allí, allí, adenlante, sshientense.

El rechoncho pastor nos acomodó en la primera fila del gran salón del templo, frente al altar que tenía su pared de fondo adornada con lo que debía ser una cita bíblica (obvio) que decía:" *Tämä päivä, sata ja kaksikymmentä Jeesuksen opetuslapsia täyttyi Pyhällä Hengellä ja alkoivat puhua kielillä (Acts. 1:15; 2: 1-6)"*. Como poligloto recién develado me dispuse a traducir la cita del muro, pero ¡no entendí nada! y ahora me pregunté: *¿No será que sólo le achunté a la traducción anterior?*

Una vez superada la decepción personal, mientras Mikka vociferaba frente a nosotros con las manos en alto y los ojos cerrados adorando a Dios, aproveché de mirar a Edgar que estaba a mi lado para preguntarle -a través de movimientos de cabeza y guiños de la mirada hacia la inscripción- qué significaba la mentada cita del muro.

–Dice que los bautizados pueden hablar en lenguas, pe' -me murmuró.

La respuesta me preocupo mucho; yo no estaba bautizado, ergo: no era poligloto, así que sólo le repliqué con un movimiento afirmativo de cabeza.

-Bien, nossh vamossh a bautizarr y desshpués comerremos parra que se vayan en sshu viaje -nos convocó el pastor Mikka con la misma astucia de vendedor comisionista de seguros. Ante tal ofrecimiento, esperando por horas, fui el primero en ponerme de pie con cara de compungido por sus palabras, replicándole:

- "¡Ya po', tengo hambre… de Jesús!", reparé al ver que las tripas traicionaban mis pensamientos.

Mikka, Edgar y Luis me miraron con el ceño fruncido y se hicieron los desentendidos; a nadie le convenía ponerse puritano cuando todo estaba marchando de acuerdo a los planes de cada uno.

Pasamos a una sala continua al salón principal donde apareció una mujer muy gorda y rosácea -igualita a Mikka- con túnicas blancas en sus brazos para repartirlas entre los *bautizables*. Una vez que cada elegido tenía su túnica debimos cambiar nuestra ropa por la vestimenta apostólica. A continuación, nos llevaron a otra sala donde había una tina de baño al centro.

- *"Excelente. Me baño, como y estoy listo para irme"* -fue lo primero que pensé al ver la gran tina rellena de agua pura y refrescante.

Cuando estábamos todos listo entraron a la sala de bautismo otros dos finlandeses obesos que traían unos banquillos blancos de madera, uno fue puesto al lado de la tina y el otro en el centro de la habitación. El primero en entrar a la tina fue Edgardo quien se sentó en el agua y se dejó caer hacia atrás afirmado de la mano experta de Mikka que le sostenía la cabeza; una…, dos…, y tres veces. Listo, Edgardo se incorporó, salió de la tina apoyando su pie en el banquillo e inmediatamente fue dirigido hacia el otro en donde se sentó rodeado de los gordinflones.

El banquillo del centro de la sala tenía por propósito que el elegido permaneciera sentado mientras los fanáticos pentecostés lo ungían con sus manos en la cabeza y gritaban en leguas, una y otra vez: "¡*Merkka la merka, tempo lo tunnpu, renco la brusia, fopolulas reconhas trarara, merkka la merka, tempo lo tunnpu ¡"*.

Todos los gordinflones gritaban "en lengua" a la vez que movían frenéticamente sus manos sobre la cabeza del peruano hasta que éste comenzó "milagrosamente" a hablar en lenguas: "*¡Tinki ya pulla inti mamashca, inti raymi, cherca pacha mama, pichanga la chasca, mamashca, pulla inti mamashca, ...*"

La escena era vergonzosamente para la risa: el peruano parecía mosca en leche con la túnica blanca y las chasca estilando, sentado a pie descalzos, rodeado de un grupo de gordinflones engrupidos con ganas de devorarle la voluntad.

Todo duró unos pocos segundos porque el peruano ya tenía vasta experiencia en bautismos exprés.

A continuación, fue el turno de su hermano menor, Luis, quien se comportó igual que su familiar: se encamaró presto a la tina de baño, se dio sendos chapuzones y salto como felino fuera del agua, igualmente no se demoró nadita en hablar lenguas angelicales.

Con el tiempo -varios años después- averigüé que eso precisamente perseguían lograr los "hombres del Señor"; que los bautizados en señal de haber sido llenos del Espíritu Santo hablaran el idioma de los ángeles: un idioma incomprensible a todo ser humano, pero divino.

Noté de inmediato que el peruano menor venía totalmente libreteado sobre la comedia que debía representar, se sabía de "pe a pa" la trama que debía interpretar. Y si a nadie le importaba contar con "palos blancos" para el deleite y goceególatra de los gordos beatos, a mí tampoco me debía importar. Debía sacar el mejor provecho de esta experiencia religiosa.

Cuando llegó mi turno de transponer el umbral a la santidad: salté presto al agua y solito me pegué el primer chapuzón

-*Esshpere, esshpere, le tenga que ayudar a usshted* -gritaba el gordo Mikka mientras metía su gordinflona mano izquierda por debajo de mi cabeza empapada mientras con la otra mano en alto pregonaba a viva voz:

- ¡Jesússh ya esshtá aquí!"

Me miró fijamente y dijo, pausadamente, para aplacar mi sed de Dios:

-H*ay que hacerrrlo con calrlma, tres veces* -y procedió a dejarme caer de espalda al agua.

Junto con la zambullida yo iba pensando:
- "*Que rica está el agua, voy a quedar como nuevo*".
-Una.
- "*Y pa' mala cuea no tengo jabón ni shampoo.*"
-Dos.
- "*El pelo me va a quedar igual de cochino*".
-Tres.
-*Espérate un poquito, que aún falta que me restriegue el culo* -le supliqué con el pensamiento a Mikka.
-Yyyy… lisshto, sentenció mi padrino.

Apenas me soltó, giré rápidamente sobre mí mismo y hundí toda la cabeza en el agua mientras me restregaba las orejas con los dedos y botaba bocanadas de aire para disimular. Acto seguido giré nuevamente dejándome caer a lo largo mientras me pasaba la túnica por el entre piernas y el traste.

-Caallma, caallma, ya esshtá bautisshado -intervino uno de los gordos presente.

- ¡Es que quiero quedar bien bautizado! -atiné a responder.

Mi padrino me tomó de la mano y me invitó a tomar asiento en el banquillo de los milagros. Inmediatamente todos los obesos pastores comenzaron a ungirme para comprobar si el Espíritu Santo entró en mí. Hablaban en lenguas, gritaban… y nada.

Insistieron otro rato más… y nada. Después de un buen rato, ante la desazón y el tiempo perdido, Edgardo, con muchos más bautizos que yo en el cuerpo, se acercó como si fuera a colaborar con el ritual para susurrarme a gritos:

-Diga algo hermano, pe'. Háblele cualquier vaina que no entiendan, pe'.

- ¿Pero qué cosas digo? -pensé, mientras Mikka mirando al cielo gritaba: "*¡habla! ¡habla! ¡habla!*".

Cuando comenzaba a entrar en shock por tanto grito a mi lado, de pronto vi la luz y sucedió el milagro: recordé que la profe de ruso decía que en Chile hablamos un idioma que sólo entendemos los chilenos. Este recuerdo salvador, más el consejo experto del estudiante inca me animaron a hablar en chileno a ritmo redoblado: "*Yapo-guatones-maracos-pegense-la-cachá-no-cachan-que-estoy-puro-agarrándolos-pal-hueveo-guatones-guata-e-caballos-chuchas de su madre*". Repetí este mismo verso varias veces hasta que los pentecostés boquiabiertos detuvieron el ritual de puro asombro ante tamaño milagro. Lo mismo hicieron los hermanos peruanos que no entendían nada de lo que decía en mi perfecto dialecto celestial.

Lograda la santidad todos pasamos a comer a una mesa que terminaba de atiborrar de alimentos la misma mujer de las túnicas, la cual sin decir nada se retiró del comedor. Esta situación me hizo meditar que el rol de las mujeres en estas sectas religiosas se limita a ser comparsas y sirvientas de los hombres.

Terminada la cena, como a las siete, nuestros gordos anfitriones nos comunicaron que nos irían a dejar al puerto de Helsinki desde donde saldría nuestro barco rumbo a Estocolmo. Nos llevaron hasta un vehículo modelo Van, muy amplio y cómodo, en el cual partimos al puerto. Una vez llagados al muelle nos despedimos afectuosamente de nuestros hermanos de fe y comencé a caminar por el puente de abordaje al barco pensando en todo lo sucedido, sin poder controlar el regocijo que me embargaba, y para demostrarle a Mikka que el Espíritu Santo aún me acompañaba, me di media vuelta y le grité a mi padrino de fe:

-    ¡Vo-soy-puro-gil-guatón-y-la-conchetumaire-no-cachai-na!" -y volví a retomar el camino con la cabeza gacha y la mano derecha en alto en señal de despedida.

Mi padrino de fe -pleno de dicha- al constatar que el Espíritu Santo aún reinaba en mí, miraba al cielo con los ojos humedecidos agradeciendo al Creador por el único milagro real que había visto en su vida religiosa.

Lo vi por última vez con una gran sonrisa en su rostro mofletudo y la mano en alto despidiéndome a lo lejos.

-o-

FORAJIDOS

La primera imagen de las vacaciones del 73 que viene a la memoria del niño es la del revolver Colt 45 que José Liendo Vera siempre llevaba al cinto. El arma descansaba en una soberbia funda de cuero café desgastada por el uso. El rostro de su dueño lo pudo reconocer, algunos meses más tarde, en las portadas de los periódicos de la época que daban cuenta del ajusticiamiento, por un tribunal militar en tiempos de guerra, del mítico *Comandante Pepe*. También, recuerda a sus padres portando sendos revólveres en la cintura y a su tío Juan Curipangui Trafipan -muerto a balazos.

Ese año, luego de un largo viaje en la tercera clase del tren que partía desde la capital, pasando por un sin fin de pueblos y caseríos pobres del sur del país, el niño y su familia llegaron hasta la última estación del tren desde donde siguieron viajando en un destartalado micro por varias horas más adentrándose en la precordillera sureña. Al atardecer, por fin llegaron a su destino a unos cuantos kilómetros del pueblecito Los Liquiñes. Ahí, en una robusta isla de rio formada por la bifurcación y luego reunificación de las aguas del Rio Llancahue vivía la familia de su padre.

A la isla se ingresaba por un puente de gruesos troncos de madera nativa y se salía de ella por otro de igual envergadura, cien metros más adelante. Sus familiares vivían ahí como allegados en la propiedad del apicultor alemán, Keller, que se las había comprado hace varios años para instalar sus colmenas y que les permitía seguir habitándola a cambio de cuidar las abejas, unos cuantos animales sueltos y el terreno.

La prole era regida por su abuelo José María Curipangui y su abuela Isabel Trafipang. La descendencia la componían: Juan –un alto, fornido y buen mozo hombre, hermano menor de su padre-; tres tías jóvenes: Juana, Paula y Sabina; y por último un adolescente, El Weche[27] (Los abuelos le dieron ese apelativo como nombre para no pronunciar el del que embarazó a su hija y se mandó a cambiar quién sabe dónde; el padre clandestino del chiquillo se llamaba Omar) -hijo de la jovencita tía Sabina, pero que pasaba como hijo de sus abuelos para encubrir la honra de la madre soltera.

La vida diaria giraba en torno a la amplia ruca[28] de los abuelos; ahí se cocinaba, se comía, se tomaba el mate y se realizaban las reuniones familiares al atardecer después de las largas jornadas de trabajo. Había también otras tres grandes piezas de madera que se ubicaban a unos cuantos metros de la ruca y que los hijos ocupaban sólo para dormir.

La vida en la isla de rio comenzaba antes de que saliera el sol. La primera en dar comienzo al trabajo cotidiano era la

---

[27] Joven, adolescente; en mapudungun.
[28] Choza de troncos y totora. Casa habitación mapuche.

abuela; una mujer alegre, de baja estatura, con el pelo amarrado en una larga trenza negra, de polleras floridas, con grandes aros rústicos de plata en sus orejas, de manos curtidas por el trabajo en la huerta, y de pies descalzos y callosos acostumbrados al trato directo con la tierra, sus pies solo conocían el uso del calzado en ocasiones muy especiales. Las labores las iniciaba a la madrugada dirigiéndose al río a buscar agua para preparar el mate y el pan sin levadura para el resto del día. Luego la seguían sus hijas: lo primero que hacían era meterse al rio para asearse; ahí, sumergidas hasta las rodillas, con las polleras afirmadas a la cintura con un cordón de lana, lavaban sus torsos desnudos en las gélidas aguas del cristalino y caudaloso rio.

Cuando el pan estaba listo y el mate preparado aparecían los hombres que luego de comer en abundancia montaban a caballo para ir a recorrer los rincones de la isla y revisar que ningún animal hubiera sido robado o caído al caudaloso torrente que rodeaba el terreno. El resto del día se afanaban en confeccionar durmientes en madrera de raulí que trabajan a pura hacha. Los durmientes eran apilados hasta completar cincuenta unidades que cargaban en una carreta tirada por bueyes para ir a entregarlos a un comerciante del pueblo que se los pagaba a precio de huevo. Con el escaso dinero logrado el abuelo compraba algunos alimentos; yerba mate, azúcar, sal, y cigarrillos. Por su parte, Juan tomaba parte de las ganancias y se iba a emborrachar en alguna de las cantinas cercanas. Con el valor que le daba el vino y su buena facha se

envalentonaba y comenzaba a enamorar a cuanta mujer joven que se cruzaba en su camino —no le importaba que fuera soltera, casada o comprometida- y como siempre todo terminaba en riñas que ganaba el macho que quedaba en pie.

Era habitual que los días de la venta de los durmientes Juan regresara del pueblo muy borracho montado al galope en su caballo negro que sabía de memoria el camino de vuelta a casa; no importaban las condiciones del tiempo ni la hora, el fiel animal siempre lo traía de regreso. A la llegada del jinete -ataviado con una gruesa manta de castilla y sombrero alón- siempre estaba la abuela Isabel esperándolo para ayudarle a bajar del caballo y llevarlo hasta la cama en donde le curaba las heridas del rostro y lo dejaba durmiendo hasta la madrugada del día siguiente en que Juan se levantaba como si nada hubiera sucedido.

El niño y su hermana menor se entretenían todo el día recorriendo la isla en compañía de su primo/tío, El Weche, sólo un par de años mayor que ellos. En las mañanas observaban a sus tías ordeñando las vacas y preparando mantequilla con la crema de la leche recién granjeada. Al medio día las veían faenar algún animal, cosechar papas y verduras de la huerta para preparar el almuerzo y atender a las visitas. Y por las tardes las escuchaban conversar vívidamente en mapudungun mientras tomaban mate e hilaban lana de oveja en husos artesanales. Los días pasaban rápidos; entre ir a pescar al rio, buscar frutos silvestres e insectos en el bosque y aprender a cabalgar el día parecía durar sólo unas cuantas horas. La vida corría alegre para los niños.

Pero para los mayores las jornadas se hacían interminables: trabajaban todo el día y al caer la tarde se sentaban alrededor del fogón de la ruca a discutir como recuperarían las tierras de su familia, desde donde habían sido expulsados como delincuentes hace 20 años, después de la compra fraudulenta y engañosa hecha por el hijo de un terrateniente italiano de la zona que aprovechándose del analfabetismo de sus abuelos mapuches los hizo firmar un contrato de compraventa ante el notario del pueblo -amigo íntimo de su padre- por la compra del fundo *Los Añique de Culan,* como si fuera la compara de 10 vacas y 20 corderos. Las conversaciones oscilaban entre la esperanza y la desconfianza; ya iban tres años del Gobierno Popular que prometía hacer justicia por el despojo de las tierras usurpadas a los mapuches, pero el litigio contra el italiano, por la propiedad perdida, parecía no prosperar. Juan y sus hermanas se quejaban que el gobierno sólo los quería engañar, una vez más, dándoles falsas esperanzas. En contrargumento, los familiares llegados de la capital decían que la posibilidad de recuperar sus tierras era cosa de días, que la promesa hecha por el gobierno de devolverles las tierras robadas a sus legítimos dueños se cumpliría. Las conversaciones se extendían por horas en donde los padres solamente escuchaban y de vez en cuando hacían alguna pregunta. Durante la primera semana todas las reuniones nocturnas giraron en torno al mismo tema: recobrar el fundo de 1.500 hectáreas robado a sus abuelos.

A la séptima noche de reuniones, cuando ya se habían cebado varios mates entre la familia y cuando la conversación en torno a la recuperación de su fundo cobraba ánimo, el padre, que hasta la fecha no había hablado mucho, tomo la palabra y dijo:

-Si las cosas no se dan a la buena, las vamos a hacer a la mala, ya hemos esperado mucho —miró a su hijo-nieto y le dijo: Weche, mañana, temprano vaya a Los Liquiñes a buscar al

Comandante Pepe y dígale que venga a conversar conmigo al atardecer.

Nadie cuestionó la decisión del padre. Todos sabían que el mandado a buscar era el líder del grupo paramilitar Movimiento Campesino Revolucionario, cuya actividad principal era apoyar operativamente a los campesinos mapuches para recuperar, a través de tomas, los fundos de la zona que ellos reclamaban como propios. Su cuartel general se encontraba en una parcela próxima al pueblo desde donde organizaba las acciones de cerca de cuatrocientos jóvenes idealistas.

Al día siguiente, justo cuando las sombras de las montañas cercanas comenzaban a abrazar la ruca, llegó el vehículo todo terreno que traía al comandante acompañado de cuatro jóvenes barbudos; todos portaban armas a la cintura. El Weche, que se encontraba como vigía entró a la carrera a la ruca y le comunico a su papá-abuelo que los invitados venían llegando.

La camioneta se detuvo a unos 20 metros de la vivienda; sus pasajeros descendieron y se quedaron ahí, esperando hasta que el jefe de familia salió a recibirlos.

-Marry, marry peñi, pun may, ¿chumleiymi?[29] –dijo a viva voz el comandante al ver que José María se aproximaba a ellos.

-Marry, marry peñí. kumelkalen, ¿eymi kay?[30] – respondió el jefe de familia mientras caminaba al encuentro de los recién llagados.

---

[29] Hola hermano, buenas tardes ¿cómo estás?
[30] Hola hermano, yo estoy bien ¿y tú cómo estás?

- Kümelakalen kafey peñí. Incheta toqui Pepe pingeym[31].

-Feley, feley. Incheta José María Curipangui, pingeym, peñi, lonco lof meu[32].

-¿Kümelkuley tami pu che? peñi[33].

-Kom Kumelekay, añumkulen. Feley peñi Pepe, matuquele matetun ruca meu peñi[34] -respondió el padre, iniciando el retorno a su ruca.

Luego de los saludos protocolares con el resto de la parentela el comandante y sus escoltas pasaron a la ruca en donde se acomodaron en semicírculo en bancas de madera, cubiertas con vellones de cordero, alrededor del fogón en donde se mantenía caliente el mate y una gran fuente con trozos de carne de cordero. También, había una mesa dispuesta cerca del fogón, con una gran fuente de madera de raulí conteniendo sopaipillas gordas y esponjosas. Había, además, mermelada de murtilla y pebre picante para la carne y las sopaipillas. Los familiares del jefe de familia se dispusieron a su lado, de frente a los guerrilleros. Las hijas sirvieron los mates que iban circulando entre los invitados y sus padres. Al principio conversaron —como debía ser- de la salud de los presentes, del estado de los animales y de las siembras. También intercambiaron opinión sobre qué conocían de sus vidas y de lo

---

[31] Yo también me encuentro bien. Soy el Comandante Pepe, como me dicen.

[32] Yo soy José María Curipangui, hermano, como me dicen, jefe de mi familia.

[33] ¿Cómo están ellos peñi?

[34] Todos están bien también, te agradezco. Bien, hermano Pepe, vamos a matear a mi ruca hermano.

que sabían unos de otros. Mutuamente se contaron anécdotas que les habían sucedido y de los conocidos que tenían en común. La conversación se extendió por varias horas: todos compartieron los alimentos a la luz del fogón y de las lámparas a parafina; se conocieron, se rieron juntos y se miraron a los ojos. De la recuperación del fundo no se dijo una sola palabra. Ya bien entrada la noche, cuando los niños y las mujeres se retiraron a dormir, Juan dispuso un par de botellas de vino tinto para seguir la charla que se prolongó un par de horas más. Cuando los hombres y el vino no daban para más, el comandante le pidió permiso a José María para retirarse a pernoctar con sus hombres en medio del bosque nativo de la isla. El jefe de familia asintió con la cabeza y le dirigió una mirada a su hijo Juan quien se puso rápidamente de pie y tomó una lámpara chonchona para abrirse camino en la noche. Salió de la ruca y se internó con los partisanos en el bosque próximo en donde los hombres se tiraron a dormir en sacos de campaña dejando a uno de ellos de guardia. La velada se inició y terminó como debía ser.

Cuando el sol recién se asomaba por la cresta de las montañas la hija mayor llegó hasta el campamento del Comandante Pepe con un par de tortillas recién horneadas, queso y miel en una fuente de madera tallada a mano.

-Marry, marry kom pu che lamieng –saludó la jovencita al llegar.

-Marry, marry lamieng –respondieron los jóvenes que ya se encontraban tomando maté acompañado de tortilla añeja y charqui de caballo.

-Mi padre mandó decir que los espera a la hora del almuerzo –dijo la joven, poniendo la fuente con alimentos junto a la pequeña fogata que habían encendido los jóvenes y volvió sobre sus pasos.

Al lado afuera de la ruca las mujeres habilitaron una amplia mesa para el almuerzo esperado. En el lado derecho de la mesa se dispusieron los hijos del lonco; al otro lado se acomodaron los hombres del comandante. A la cabecera se sentó José María con sus hijos mayores a su derecha y a su izquierda se sentó José Liendo Vera. Se sirvieron abundantes platos de cazuela de gallinas a cada uno de los comensales. Luego de terminar con la ronda de repetición, el padre invitó al comandante a tomar mate para contarle el motivo de su invitación. Cosa que por cierto el jefe guerrillero ya suponía a cabalidad.

-Peñi Pepe, estamos contento con su visita y ahora que nos conocemos queremos pedir su ayuda para recuperar *Los Añique de Culan* que nos pertenece y que el juez se niega a devolvernos –comenzó, franca y directamente la conversación, José María.

-Si peñi, lo entendemos y estamos aquí para ponernos a su disposición. Usted mande –respondió con resolución el comandante.

Los pormenores de la conversación se pueden adivinar. Los hombres fijaron día y hora para ir por lo suyo

A las 6 de la mañana del miércoles, el gobernador de Panguipulli respondió el teléfono de su casa. Con la modorra viva aún, escuchó la voz de José Liendo Vera que le decía:

-Gobernador, le informo que la familia de José María

Curipangui, de la Isla Puente los Mellizos, está en estos momentos, recuperando el Fundo *Los Añique de Culan* que les pertenece. Lo llamo para informarle que nosotros vamos con ellos y llevamos armamento para nuestra seguridad. La toma será pacífica; no queremos problemas con los carabineros.

-Pero, Pepe, cómo... -alcanzó a decir el gobernador antes que el comandante lo interrumpiera.

-Por favor, estimado gobernador, no nos complique la recuperación que estamos haciendo. Contamos con su comprensión –sentenció el comandante y colgó.

Los estruendosos ladridos de los perros del fundo y el tronar del camino alarmaron al administrador y a su mujer quienes de un salto salieron de la cama a ver a qué se debía tanto escándalo. Los primeros rayos de luz les dejaron ver a la familia de José María aproximándose a su casa; eran hombres, mujeres y niños. Venían a caballo y algunos a pie. La familia se había robustecido con la llegada de primos, sobrinos y tíos que habían llegado, durante la noche, desde los alrededores a solidarizar con ellos, eran más o menos unos 30 familiares. Más a tras venían dos camionetas color verde olivo con 10 jóvenes partisanos; hombres y mujeres, portando armas cortas y largas para disuadir a los del fundo. Los perros sin dejar de ladrar fueron retrocediendo de apoco hasta quedar contra las paredes de la casa del administrador del fundo.

El administrador, haciendo de tripas corazón, se calzó las botas, se cubrió con un grueso abrigo y tomo una escopeta de dos cañones con la que salió a recibir a los improvisados visitantes. Tras de él salió su mujer, su cuñada, y dos niños de unos 12 años con caras de asustados ante la impresionante llagada de José María.

- ¡Qué quieren, a donde van! –gritó a la distancia el administrador.

José María y sus dos hijos mayores no respondieron y siguieron acercándose a caballo hasta quedar a escasos metros de la casa. No se apearon de las cabalgaduras, pero sí mostraron los revólveres que cada uno de ellos traía agarrado a sus cinturones. También se adelantaron la nuera llegada de la capital y la hija mayor de la familia quienes también exhibieron las armas que portaban en bandolera sobre sus pechos. No dijeron nada por un par de segundos hasta que una de las camionetas se puso a su lado desde donde descendieron 5 guerrilleros armados con revólveres, pistolas y escopetas.

-Venimos a ocupar el fundo porque nos pertenece…, peñi –dijo, José María, desde su caballo, con voz firme para que todos escucharan.

-No se puede… Tengo que avisarle al patrón, yo no soy el dueño –respondió tontamente el administrador mirando de reojo a su mujer, cuñada e hijos, y puso la escopeta en ristre.

-No queremos problemas, señor, no pongan resistencia – se adelantó a decir un barbón que hacía de jefe del grupo guerrilleros, mientras daba un par de pasos al frente con la mano posada sobre la cartuchera de su revolver.

La mujer del administrador, al ver el estado de desventaja en que se encontraban, tomó a su hombre por el brazo y lo atrajo hacia ella con suavidad y fuerza. El hombre bajó el arma y dio un par de pasos atrás.

La suerte estaba echada, y por ahora, corría a favor de los nuevos ocupantes del fundo.

José María y sus hijos bajaron de sus caballos y se pusieron frente a la familia del administrador. Juan, miró fijamente a la familia y les ordeno que entraran a la casa –antes, tuvo la precaución de quitarle la escopeta al hombre-. Inmediatamente, tras de ellos, entró José María, sus hijos y tres partisanos. Una vez dentro, Juan les dijo:

-Tienen que desocupar la casa porque nos vamos a quedar aquí.

- ¿Y a donde nos vamos a ir? –preguntó angustiada la mujer del administrador.

-Váyanse a la casa de sus parientes y llévense sus cosas –se adelantó a responder el hijo capitalino de José María -muévanse rápido, llévense sólo lo necesario –agregó.

Mientras las mujeres y niños, atolondrados aún por la inesperada forma de despertar, echaban en su camioneta su ropa y algunos cachivaches de cocina, el administrador entregaba a José María –a regañadientes- las llaves de la propiedad pendidas de un gran aro de alambre (todas eran llaves de candados). También, debió escribir en un cuaderno de colegio, una lista de la cantidad de animales que se encontraban en la propiedad: 40 vacas, 4 toros, 6 bueyes, 6 caballos, 3 yeguas, 40 corderos, 30 gallinas, 22 chanchos, y 4 perros (que optaron por quedarse cuando la familia del administrador se marchó). En otra hoja del cuaderno enlistó a los trabajadores del fundo: Antonio Catriao, su mujer y tres hijos, que vivían a la bajada del rio y que cuidan a los animales; don Pedro Blanco a cargo de los caballos, los bueyes, los perros, y los mandados; y Luis Bavestrello, el propio Administrador, a cargo de manejar el fundo y de contratar a los peones cuando hay que sembrar o cosechar.

- ¿Cuánto se le paga a los trabajadores y a usted? – pregunto el líder de los barbudos al administrador.

-A ellos se les paga con dejarlos vivir aquí a cambio de trabajo y a mí se me pagan E° 120 al mes –respondió.

-Nosotros no tenemos como pagarle, pero pueden seguir viviendo aquí si quieren –dijo José María.

El administrador recibió con sorpresa el ofrecimiento, pero respondió que mejor se iría a su campito a vivir mientras el patrón arreglaba las cosas y que el resto seguramente se quedarían porque no tenían donde irse. El barbón lo escuchó con desdén y le pidió que mandara por don Antonio y don Pedro.

José María y sus hijos, con las llaves del fundo en mano, vieron la camioneta del administrador marcharse. Al mismo tiempo se acercaban, con paso raudo, don Antonio y tras de él don Pedro esquivando los perros que fueron a su encuentro. Cuando los hombres llegaron frente a los nuevos dueños (como ya se habían enterado) simplemente dijeron: "Mande".

-Peñí Pedro, traiga tres caballos que vamos a ver los animales y los galpones -ordenó Juan.

-Bien don Juan –respondió Pedro Blanco y partió diligente al establo cercano. A Juan le llamó la atención que le nombrara de "don"; nunca antes le habían nombrado así en ningún lugar fuera de la posta rural. Estaba acostumbrado a ser nombrado simplemente como "Juan" o "Indio Juan". Le llamó la atención que Pedro Blanco, con quien en muchas oportunidades se había topado en las cantinas del pueblo, se mostrara tan respetuoso con él. La actitud de sumisión la atribuyó a la presencia armada de su familia o simplemente al hecho de la semiesclavitud en que vivían los inquilinos y sus familias en el fundo.

José María, Juan, y cinco guerrilleros en compañía de Pedro Blanco se fueron a recorrer el fundo para reconocerlo. Mientras tanto la familia se acomodó en la casa y el resto de los partisanos en el galpón aledaño a la vivienda. En el amplio galpón encendieron un fogón y acomodaron sus cosas entre los fardos de pasto y sacos con papas y trigo. El galpón se convirtió en el cuartel general en donde las reuniones de defensa del fundo se iniciaban temprano y duraban hasta muy tarde.

La actividad en el fundo comenzaba muy temprano: las mujeres ordeñaban las vacas para hacer queso y mantequilla, y recolectaban los huevos de las gallinas ponedoras; los hombres revisaban el ganado y carneaban algún cordero o chancho para alimentarse por unos días; los inquilinos recolectaban papas y alimentaban a los animales; los guerrilleros recorrían los confines de la propiedad para marcar presencia; y los niños, de todas las familias del fundo, jugaban sin descanso hasta que caía la noche. La vida para la familia de José María volvía a ser buena.

Al mes de concretada la toma del fundo, el jefe de familia ordenó que todos estuvieran a la hora del almuerzo en el galpón porque venía el Comandante Pepe con novedades.

"Las cosas van bien, luego les van a restituir el título de dominio" -comenzó diciendo el comandante. Luego agregó que el Gobierno Popular se había comprometido a entregar las tierras mapuches a sus legítimos dueños y que aún quedaba mucho tiempo por delante para hacer justicia a los más pobres del país. Siguió contando sobre el éxito alcanzado en la toma de otros fundos de la zona y de cómo los antiguos propietarios se habían hecho humo, que ni siquiera se les oía reclamar.

-Para mí que están muertos de miedo con las reformas que estamos realizando con el Gobierno Popular –terminó diciendo el líder revolucionario. "O, están tramando algo" –pensó para sus adentro.

Una vez terminada la arenga la familia y los guerrilleros se tomaron algunas fotos y salieron a recorrer a pie parte del fundo.

Marzo ya había quemado 15 de sus días y la familia capitalina debió volver contra su voluntad a la metrópolis para continuar con sus vidas cotidianas; la madre a seguir cociendo y remendando ropa para sus vecinas; el padre a sus labores de panadero; y el niño y su hermana a sus escuelas de barrio popular. Atrás quedaban las tierras recuperadas y por delante las esperanzas de retornar luego a gozar de sus propiedades ancestrales. Con el fundo recuperado la vida de todos cambiaria sin duda alguna. Por fin tendrían algo propio y en abundancia, sólo faltaba el título de dominio que los pusiera de dueños oficiales de lo que siempre fue de ellos. La esperanza estaba viva porque así lo prometió el Comandante Pepe. A los pocos días de retorno a la capital todos los cercanos a la familia conocían de las tierras recuperadas y que pronto se irían para siempre a vivir a su propiedad.

Cuando su profesor jefe les dio la tarea de hacer una composición sobre sus vacaciones, el niño relató en 6 hojas de cuaderno su épica aventura junto a su familia y los guerrilleros barbudos. El profesor que lucía con orgullo en la sala de clases un gran poster con la foto del Che y de Fidel se emocionó tanto con el relato del niño que lo leyó ante el curso en pleno. Apenas terminada la lectura, dijo, con voz trémula:

-Niños, esto es de lo que hablamos cuando decimos que la tarea principal de este gobierno revolucionario es la Justicia Social. La familia de su compañero pronto volverá a ser dueña de las tierras usurpadas por los ricos de este país.

Los niños le respondieron con un gran aplauso y gritos de alegría. Lo cierto es que no entendieron mucho de las palabras del profesor, pero si fantaseaban con el relato del niño; se imaginaban a su compañero de curso montado a caballo luchando a balazo limpio con los bandidos que les habían quitado el fundo a sus abuelos.

Día tras día el padre del niño con su mujer planificaba cuál sería el mejor momento para mudarse de vuelta a su entrañable sur austral; a La Tierra Prometida. Después de varias y largas veladas familiares acordaron que el mejor tiempo para emigrar seria en septiembre, cuando el clima es más benigno y comienza a reverdecer el campo. Mientras tanto las cartas iban y venían entre la familia capitalina y sus familiares en el fundo. En cada carta se ponían de acuerdo para la nueva vida que les esperaba.

Pusieron en venta la casa, de a poco fueron comprando ropa adecuada y dispusieron a quien regalarían los cachivaches que no pudieran llevar con ellos, y también fijaron una fecha para el regreso; el sábado 29 de septiembre, justo después del pago al padre en la panadería.

El tiempo parecía correr lento por el peso de las ansias que la familiar ponía sobre él. Pero el tiempo siempre cumple y trajo con él el mes decisivo; ahora el tiempo parecía volar.

La familia del niño pensaba que sólo para ellos el mes de septiembre sería un periodo turbulento, pero se equivocaban. Nunca pensaron que septiembre del 73 se convertiría el peor mes del año en la memoria de país.

El miércoles 11 del esperado mes amaneció con el estruendo de las bombas aéreas cayendo sobre la casa del Gobierno Popular. Ese día se destruyeron miles de sueños, incluidos los de la familia. A partir de ese día y por muchísimo tiempo se perdió todo tipo de libertad: se instauro el toque de queda, los simpatizantes del Gobierno Popular fueron exterminados o expulsados del país, se terminó con los sindicatos y con la libertad de información. Los militares impusieron una dictadura que se hizo cargo de todo; llegaron para restituir todo lo enajenado a los ricos y poderosos del país.

En la humilde escuela del niño también todo cambió; el director fue sustituido por un capitán de Ejército y su querido profesor jefe desapareció; nunca más se supo de él ni de otros docentes de la escuelita. Los niños fueron obligados a interpretar la Canción Nacional todos los días con el agregado de una estrofa que decía: "Vuestros nombres valientes soldados que avíes sido de Chile el sostén…".

El miedo invadió la vida cotidiana en las poblaciones y obligó a las madres a ir a dejar y buscar a sus hijos a los colegios. En una de esas mañanas, al pasar por el quiosco de periódicos, el niño vio una gran foto del Comodante Pepe en la primera página de El Mercurio, junto a un gran titular que con letras rojas rezaba:

EL MERCURIO

FUSILADO MURIÓ EL "COMANDANTE PEPE"

La sentencia del 3 de octubre de un Consejo de Guerra puso fin a tres años de pillaje y violencia del estudiante de Agronomía que se convirtió en el azote de la zona de Panguipulli.

José Gregorio Liendo Vera, "El comandante Pepe", en la época en que sembraba el terror en la zona maderera de la provincia de Valdivia. Se le ve portando el revolver que lo acompañaba en sus fechorías.

ARRIBA: Los forajidos del Comandante Pepe fueron expulsados del fundo Los Añiques de Culan, de Liquiñe. Sólo uno de los ocupantes ilegales del fundo opuso resistencia siendo abatido por las fuerzas militares.

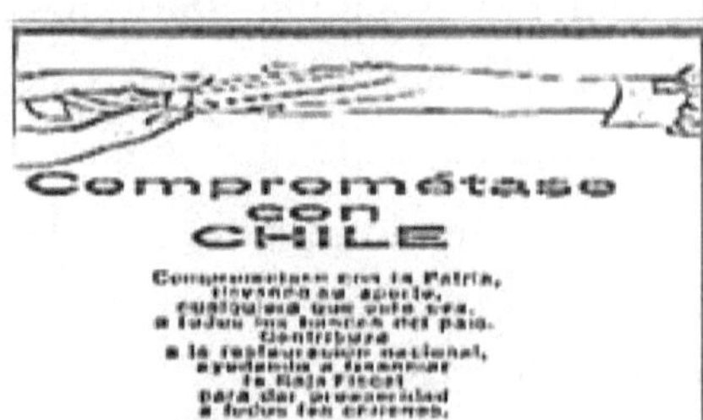

El niño sólo atinó a preguntarle a su madre:

-Mamá, ¿ese es el tío Pepe y mis abuelitos?

La madre miró con angustia las fotografías y sin mirar a su hijo lo tomó firmemente de la mano diciéndole:

-No, no son ellos. ¡Ya! Vamos, que llegaremos tarde a la escuela.

La madre y el niño siguieron rumbo a la escuela sin decir una palabra más. Caminaron serios mientras la mujer se secaba disimuladamente las lágrimas.

-o-